Née en 1938, d'origine guadeloupéenne, Simone Schwarz-Bart a fait ses études à Pointe-à-Pitre, puis à Paris et à Dakar. Elle rencontre André Schwarz-Bart en 1959 et écrit avec lui *Un plat de porc aux bananes vertes* (1967). Puis elle prend son autonomie littéraire et écrit en 1973, *Pluie et Vent sur Télumée Miracle* qui obtient le prix des lectrices de *Elle* et *Ti Jean L'horizon* en 1979. Après un assez long silence, elle donne en 1987 une pièce brève, *Ton Beau Capitaine*, méditation sur la mémoire et l'exil.

André Schwarz-Bart (1928-2006) est né à Metz d'une famille d'origine polonaise. Lors de l'invasion allemande, ses parents et deux de ses frères sont déportés. Dès 1943, il entre dans la Résistance. Arrêté, il s'évade. À la Libération, nanti d'un diplôme d'ajusteur, il exerce d'abord son métier, puis entreprend des études qu'il abandonne après avoir obtenu le baccalauréat en 1948. En 1959, il obtient le prix Goncourt pour son roman *Le Dernier des Justes* qui remporte un grand succès. En 1967, il publie, en collaboration avec sa femme Simone Schwarz-Bart, *Un plat de porc aux bananes vertes*.

Simone et André
Schwarz-Bart

UN PLAT DE PORC
AUX BANANES
VERTES

ROMAN

Éditions du Seuil

TEXTE INTÉGRAL

ISBN 978-2-02-030651-5
(ISBN 2-02-001073-9, 1re publication)

A Aimé Césaire et à Elie Wiesel

Et voici l'homme à terre
Et son âme est comme nue.

AIMÉ CÉSAIRE
Cahier d'un retour
au pays natal

Cahier 1

Si je laissais aller ma plume, je dirais, comme tout le monde : un événement vient de se produire dans ma vie.

Mais, à bien la considérer, cette assertion apparaît d'une outrecuidance rare.

Par exemple, usant du langage courant, on pourrait hasarder qu'un « événement » se prépare au fond du dortoir ; qu'il est, littéralement, en train de naître au pied du lit 22 où Mlle Chavaux, dite Pissette, soudain affolée par l'idée de mourir, tire furieusement de sa valise quelque chiffon qui lui rendra pour un instant sa jeunesse et ses dents. Et la voilà maintenant qui se dandine au milieu de l'allée centrale, noyée dans la blouse de brocatelle mauve qu'elle affichait dans les cafés *select,* en 1917, au bras de permissionnaires dégouttants d'amour et d'effroi (un souvenir pâli de blouse à col Suzette dont jaillissent, articulés comme des doigts – deux maigres fanons supportant la dépouille d'une tête de femme, écorchée, mutilée, vaincue dans une guerre plus âpre que n'en inventeront jamais les hommes).

Mais elle aura beau dire et beau faire, l'amie Pissette – accrocher ses pendeloques, marquer de rose la déchirure de sa bouche, croupionner, se hausser du bréchet, coqueter de mille façons ou, dans un grand élan de lyrisme, lancer quelque défi qui se termine toujours en coups d'ongle cherchant à défigurer –, elle aura beau rire et pleurer tout son saoul, la vieille, la galadouse, la grand-mère Dolorosa, et même uriner de rage devant Mme Villoteau, je ne puis accorder à tous ces vains sauts de carpe la qualité souveraine d'événement.

La tête sous un couperet, je me résignerais peut-être à l'emploi de vocables mineurs, tels qu'«incident», «vibration» ou «clapotis» (ce dernier se rapprochant le plus de son objet). Mais en dehors de ces circonstances, propres à en faire plier plus d'un, le respect de la langue française interdit formellement qu'on dise : «Un *clapotis* vient de se produire dans ma vie.»

Il y faudrait, en conséquence, un mot... qui malheureusement n'existe pas ; de même que n'existent pas encore de termes spéciaux pour désigner ce qui se passe dans les sanatoriums, dans les maisons de fous, dans la chambre des cancéreux et dans les îles où l'on enferme la lèpre – tous endroits où la créature pourrit sur pied, attendant une moisson qui ne viendra plus.

Je ne puis employer d'autre langage que celui des vivants ; mais j'avertis le fantôme du cahier que tous les mots concernant un hospice doivent être vidés de leur sang, jusqu'à la dernière goutte.

A cette condition, et à cette condition seule, il m'est possible d'écrire sans rire qu'un événement vient de se produire dans ma vie.

Cela a commencé de façon insidieuse, *grazioso,* comme il se doit : dans la nuit d'avant-hier, vers deux heures du matin.

Les clameurs étaient là, contre ma gorge, et j'ai attribué mon trouble extrême au cauchemar dont j'émergeais. Puis l'humidité s'est faite glaciale, et j'ai compris que Mme Peuchemard venait de me gratifier du verre d'eau que tous les soirs, depuis la fameuse nuit de la Toussaint (où les cris m'avaient arrachée au sommeil et tenue plusieurs minutes suspendue à eux, comme à un croc de boucherie), elle posait dans l'angle de sa veilleuse, à portée de main.

Son opinion est que tout cela au milieu de la nuit est parfaitement ignoble ; qu'on croirait le hurlement d'un chien à la mort ; et, qu'enfin, elle ne le supporte pas.

Néanmoins, le geste m'a surprise. J'ai frotté mon visage et mon cou dans le coin sec d'une couverture et je me suis mise à pleurer : non pas tant à cause du froid, pourtant vif, qu'en raison des cris, qui retentissaient encore, quelque part, je ne savais où, sans que je puisse véritablement les rattacher à ma propre personne.

Quand le passé remonte ainsi le long de ma gorge, il me semble parfois, au réveil, que je suis en proie à une attaque de croup.

Encore toute hérissée, frissonnante, je me suis souvenue de Timothée que j'étais allée voir en 1938, à l'hôpital Saint-Joseph, et qui perçait tous les cœurs antillais de sa clarinette, vers 1925, dans les temps héroïques où l'orchestre des frères Légitimus officiait dans un garage désaffecté de la Grange-aux-Belles : la gueule verte de squames, les commissures de sa bouche d'or fendues par la diphtérie, le très grand maestro inconnu des Blancs me confia, dans un râle souriant, qu'il n'aurait jamais pensé mourir au milieu de tant de fausses notes.

Toujours hantée par les cris, qui maintenant se pressaient en mon larynx – semblables à une volée de corbeaux –, j'ai pensé que mieux vaudrait revivre certaines horreurs que les subir dans l'impuissance de la nuit – l'esprit tout entier livré aux Bêtes.

« Mon Dieu frappez-moi de jour, bien en face ; je vous en supplie, accordez-moi cette grâce contre quatre heures de sommeil... »

Mais aussitôt, y réfléchissant, j'ai excepté de cette transaction ce qui m'est arrivé à Bogota en 1904. Puis, rendue circonspecte, j'ai également écarté mes longues tribulations d'Afrique, ainsi que les deux mois qui précédèrent mon entrée dans le Trou.

Cependant, pour tout le reste, il m'a semblé que le marché me serait plutôt favorable, et je me suis sentie prête à le conclure avec toute autorité qui en manifesterait le pouvoir, et qui en exprimerait le désir : démons d'Afrique ou d'Europe ; dieux blancs, noirs, jaunes, verts ou indigo ; et même avec les institutions similaires qui régissent d'autres planètes, et qui seraient, éventuellement, disposées à traiter avec moi.

Enfin, que dire ?… je me sentais à la fois honteuse et désespérée de voir que le passé continuait de grouiller sous ma peau, comme de la vermine dans une maison abandonnée ; que ni le grand âge, ni la résignation ne le désarmaient ; et que sans doute la mort elle-même n'arriverait pas à tuer ces instants de ma vie, qui flotteraient au-dessus de moi la nuit, ainsi que ces chauves-souris velues et piaillantes dont nous autres nègres de la Martinique disons qu'en elles revivent les péchés, les souffrances et les larmes, et l'agitation aveugle de ceux qui ne sont plus.

La matinée fut normale en tous points. Elle s'annonça même sous d'heureux auspices, sœur Marie des Anges ayant renversé un pot de chambre dans le couloir. «Bénissez-nous Seigneur!», s'esclaffèrent les irréductibles – ce qui me tira de mon second sommeil.

Rompant le pacte que la nuit entretient avec la puanteur organique de l'air, la première équipe, dite des pisseuses, se mit soudainement en branle. Odeurs libérées, ainsi que des bêtes jaillissant à l'aube de terriers obscurs; chants funèbres déguisés en plaintes criardes: terreurs amères devant un nouveau jour; hymnes secrets à la vie qui s'élèvent parmi les coin-coin du réveil et les barbotements dans les eaux sales de la vieillesse. Sœur Marie des Anges apparaît à la porte du dortoir. Même si mes binocles rajeunissaient mes yeux de cinquante ans, je ne verrais pas la sœur, car sa silhouette est sombre et se tient dans une zone encore soumise à l'obscurité: mais elle est là, je le sais parfaitement, et comme à l'ordinaire elle prononce quelques mots avant d'allumer l'ampoule rouge qui surmonte la porte et illumine soudain les deux ailes de sa cornette. Ses paroles sont: je vous salue mesdames. Je déteste qu'elle nous parle avant d'ouvrir la lumière, comme si le jour s'ouvrait inexorablement sur sa voix;

et cependant je haïrais tout autant une conduite inverse : l'imposition brutale de la lumière... Il faudrait peut-être qu'elle prononce le premier mot au moment précis où son index abaisse doucement l'interrupteur : – mais ne serait-ce pas nous faire une double violence ?... Je suis lasse et ce vieux cœur vibre dans ma poitrine ainsi qu'un nerf. C'est à cet instant précis que je ressens ordinairement la fatigue : quand le vrai sommeil est devenu impossible. Je me suis demandée pourquoi il en était ainsi, chaque matin. Et pourquoi je ne puis m'accoutumer à cette vidange de vieux, moi qui suis l'une des plus âgées du lot et qui ai respiré au cours de ma vie les plus infectes odeurs de la terre ; moi, dont l'âme immortelle, pétrie des effluves les plus suaves du Saint-Esprit, est tombée plusieurs fois dans une boue auprès de laquelle ces antiques intestins et ces malheureux viscères ne sont rien : jeux superficiels de la matière. Et j'ai pensé, une fois de plus, que c'est seulement dans le corps des autres qu'on perçoit la déchéance du sien ; de sorte que notre dégoût mutuel, cette profonde répulsion que toutes nous ressentons les unes envers les autres traduit la forme la plus désespérée de notre amour et respect de la vie. Et j'ai pensé qu'il n'y avait pas de mal à cela ; que j'avais droit à leur répulsion comme elles méritaient la mienne ; et j'ai dit bonjour à sœur Marie des Anges quand elle a longé le pied de mon lit, en maintenant les deux vases de nuit le plus loin possible de ses narines, et cependant assez près pour en supporter le poids : chère âme.

(Ses yeux bleus et froids, gonflés d'une eau lustrale, et qui suppléent à la rigidité immuable de son cou par une agitation quasi circulaire d'yeux de crabe virant sur soi au bout de leurs longs pédoncules. Ses traits si réguliers, émanant de leur gangue d'étoffe, ainsi que le profil d'une gisante qui se dégage à grand-peine de sa plaque de marbre. La matière ambiguë de son visage, de ses mains, dont la peau transparente et sans rides a l'air posée à même le squelette. Et cette silhouette glissante dont les pieds ne semblent jamais toucher terre, ainsi qu'un profil de bas-relief égyptien : chère ombre pétrifiée pour l'éternité à trente centimètres du sol, un vase de nuit dans chaque main, en offrande silencieuse aux Dieux.)

Une question : deux ans seulement que je me trouve ici, et ce court laps de temps a éclipsé trois longs quarts de siècle : pourquoi tous les matins, lors du réveil de la première équipe, ai-je la certitude irraisonnée que toute ma vie s'est écoulée ainsi, à mourir lentement entre les murs immenses et froids qui nous entourent ? La plupart des vieilles ne sont qu'à peine présentes à elles-mêmes, retenues par un fil, tels des cerfs-volants, à la poussière flétrie dont est constitué leur corps : elles voguent à l'envi dans les hauteurs de leur enfance, de leur jeunesse, traversées d'une clarté plus vive qu'un jeune soleil parisien, tandis que pour moi, sombre vache décatie), rien n'existe que les pots de sœur Marie des Anges, sur lesquels s'ouvre et se referme chacune de mes journées…

Ici, peut-être, me payerai-je une courte envolée lyrique :

« Oh ! que ne puis-je revenir comme ces dames aux beaux jours de ma vie ; me souvenir d'autres odeurs et de visages qui effaceraient, fût-ce un instant, les images que ressassent mes sens !… Que ne puis-je m'envoler, moi aussi, sur les ailes éblouissantes de la mémoire ?…»

Il suffirait de fermer les yeux, les oreilles, et d'ouvrir à l'intérieur du crâne quelque lucarne qui donne sur le passé : mais je ne le puis. Mes pensées de jour se nourrissent exclusivement du présent, et mon cerveau taquin ne veut pas me restituer mes rêves autrement que sous forme de cris. – A peine certains matins ai-je le sentiment d'une trace lumineuse sur mes paupières… écume d'un songe qui peut-être fut beau.

En vérité, je sais bien que je ne suis pas folle et que moi aussi je tiens dans mon crâne les fils de ma vie enroulés comme une pelote. Mais quelque chose m'empêche de dévider la substance du passé : la peur. Car ces dames ont l'art de choisir dans la trame uniquement les fils qui leur conviennent, tandis que moi, ouvrière maladroite, les doigts se mêlent dans ma mémoire et il me vient chaque fois un souvenir qui me tue. C'est pourquoi je préfère m'acagnarder dans le présent : vivre comme si j'étais née dans l'asile.

Au reste, la pelote s'est durcie et ses fils ne sont plus de chair et de sang, mais faits d'une matière translucide et froide, fibres de verre, molécules d'une bille multicolore où se reflètent par instants déchirants, d'une brièveté mortelle, des images un peu floues qui sont peut-être des souvenirs mais qui pourraient tout aussi bien n'être rien, ou presque : bulles d'un rêve qui aurait été ma vie ; souvenirs d'une autre qui se seraient logés dans le vide de mon esprit. Je suis à l'égard de mon passé un croyant qui a perdu la foi. Seules demeurent les blessures : crainte des enfers, sentiment du péché, fractures à jamais ouvertes de l'esprit… Ainsi de moi. Et rien n'existe que les jours et les nuits qui se défont comme des vagues, sans qu'il en reste même de l'écume aux doigts. Depuis quelque temps, j'ai aussi cessé de croire en la réalité hors les murs. J'entends la musique des cloches, le grondement sourd des moteurs, les cris, les appels de ceux qui semblent être dans la vie, là-bas, de l'autre côté de la rue d'Arvaz : mais je ne suis pas convaincue. De même, plus rien ne bat en moi lorsque les vieilles papotent sur un fait divers – généralement dégoulinant de merde et de mort à souhait. Je crois pourtant. J'ai moi aussi une foi. Indestructible. N'essayez pas de me l'enlever. Car je crois en ces vieux murs suintants où les larmes de la pierre, qui pourraient être les nôtres, ont creusé des lits dérisoires dans le plâtre jauni. Je crois au réfectoire où nous retrouvons les hommes du pavillon B sous la bénédiction du Christ d'un quintal qui saigne midi et soir dans notre soupe, sans réussir à lui donner un goût de viande. Je crois aux beaux yeux morts et bleus de sœur Marie des Anges, qui nous aime de toutes les forces que dispense au sauvage chrétien l'envie de faire son salut. Et je crois à sa coiffe dressée comme un oiseau qui se voudrait déjà au ciel, loin de tous pots de chambre terrestres dont elle s'enorgueillit pourtant, car ils sont la mesure de sa hauteur d'âme : Jésus n'a-t-il pas baisé de sa bouche d'amour un lépreux ; et Marie-Madeleine lavé les pieds suants de son divin Maître ? Saint Benoît Labre n'est-il pas demeuré quarante ans sans prendre un bain, au point que, dit la légende, mouches et vermisseaux trouvaient le gîte et la pâture sur ses membres dévorés par la contrition ; et saint Anatole de Mycène ne s'est-il pas nourri de ses propres parasites en hommage aux souffrances incomparables de Notre-Seigneur ? et si oncques Bienheureuse ne fut jamais représentée avec un pot de chambre (empli de roses de vieillards), ne peut-on après tout y voir une manière d'oubli, non pas de la part de Dieu, hélas Seigneur ! ni même de notre sainte mère l'Église : mais de la part des humbles pécheurs qui la composent – oubli, injustice peut-être qui ne sauraient manquer d'être réparées, pour la plus grande édification des générations futures de Petites Sœurs Blanches de la Charité ?... Je crois en Mme Cormier : elle doit mourir dans six semaines ; elle le sait, elle s'y prépare ; fermant les yeux elle voit son propre squelette ; mais lorsqu'elle les ouvre sur ses paupières bouffies d'hydropique, c'est pour déclarer en souriant qu'elle a hâte de retrouver sa minceur *naturelle*. Grâces vous soient rendues, chère Mme Cormier qui nous quittez sans faire d'histoires, sans *tralala* comme vous dites si joliment ; je crois en vous comme en tout ce qui se passe dans le Trou : sonorités et odeurs, délires et rêves, comédies cruelles et inlassables que nous nous donnons les unes les autres, faute de mieux car nous sommes juste assez proches pour nous haïr et non pas nous connaître, nous aimer, nous reconnaître ; et le jeu de miroirs auquel nous nous livrons en secret est parfaitement glacé. Je crois en votre personnage si raffiné, Mme Peuchemard, vous qui ne supportez pas les cauchemars d'autrui et que nous surnommons la Douairière. J'aime cet ulcère dont vous jouez si merveilleusement, bien qu'il ne veuille pas apparaître sur la plaque radiographique de votre estomac. Il vous fait vivre et nous enchante. Et tout me semble parfaitement à sa place en ce monde lorsque vous vous écriez, avec des inflexions de voix qui se souviennent de Corneille et Racine : « Mon dieu ! mon dieu ! mon dieu ! (cependant que vos mains se tordent sur la couverture, griffant la protubérance impavide de votre abdomen, avec l'intention apparente d'en arracher l'abcès qui pourtant se tient tout entier dans

21

votre esprit) ô mon Seigneur, ô doux consolateur des affligés…, du fond de l'abîme je crie vers toi, pauvre pécheresse que je suis ; car je t'apprends que cet ulcère me dévore vive et tu me feras signe si tu as pitié de ta servante. Je suis la plus misérable de toutes ; mais je sais que tu ne me quittes pas de ton noble regard. Nul ne soigne mes plaies ; on prétend même ne pas y croire ; et qui me consolera si ce n'est vous ? Car vous me connaissez, beau Prince du Ciel », etc.

Oui, ce sont les mots dont Mme Peuchemard a usé hier matin, avec cet inimitable accent de fatuité qui la distingue, cependant que l'équipe des pisseuses parachevait les premières manœuvres de l'aube ; les unes entamant des actions de grâces, à genoux ou non sur leur lit ; et les autres furetant déjà dans la semi-pénombre, à la recherche de médailles, chapelets, scapulaires, bibelots divers et photos, gris-gris profanes ou sacrés qu'elles caressaient du doigt afin de se rassurer au plus vite, au plus tôt, sur l'existence et la valeur du paquet d'os et de viscères qu'elles venaient de trouver dans leur lit !

Tant de fois, pour moi… tant de fois l'aube s'est levée sur ce spectacle qu'il m'apparaît encore chaque matin, dans le sillage des odeurs et des sons, alors même que mes yeux de chair n'y voient plus goutte, voici bientôt une année…

Le jet d'eau nocturne de ma voisine forme une petite mare dans chacune de mes pantoufles. Séance de gymnastique. Que sont loin de mes doigts les lacets de ma chaussure droite; que maudite soit ma hanche de bois; et que l'amitié est belle qui permet à certaines de suppléer à leurs membres morts par les membres morts d'une autre, chacune apportant à sa consœur le mérite insigne de deux mains posées sur deux pieds. – Mais n'est-ce pas le rôle que je joue auprès de la Bitard, quoique je lui briserais les phalanges (tandis que je lui mets ses chaussettes, une simple pression de bas en haut sur les os secs comme de la porcelaine) avec volupté?

Comme d'habitude, je gagne à tâtons le lit de ma bien-aimée qui sans trop de formalités me remet ses lorgnons: deux verres démodés qui lui viennent en héritage de Mme Chabrier, une ancienne morte du Trou, et qu'elle a bien voulu me faire essayer (quoiqu'ils soient, dans le fouillis de son carton à chapeau, un souvenir situé sur son échelle sentimentale juste au-dessus du cristal de roche verdâtre hérité d'une autre morte – que je n'ai pas connue, et qui fut sa sœur de vin avant qu'elle ne se rabatte par nécessité sur la Jeanne) ; deux misérables verres de nul usage au monde pour personne – sauf moi – et qu'elle a généreusement consenti à me prêter chaque matin, sur les instances réitérées de la Jeanne qui lui démontra, non sans douce violence, combien il était peu charitable après tout de me faire mourir complètement aveugle, rendue folle de cécité : quoique je fusse négresse.

J'ai fixé les lorgnons de la Bitard au filet de nuit qui les maintient en équilibre sur mon nez, et, les yeux larmoyants de joie, de haine et d'impuissance confondues, j'ai longuement frotté les jambes de la Bitard sous les couvertures d'Occupation, avant qu'elle ne condescende à déplier ses membres tordus d'ostéite et raidis par la nuit de décembre. Des proliférations curieuses, parasitaires, semblables à de courts éclats de granit, apparaissent depuis le début de l'hiver tout au long des tibias à l'arête de plus en plus coupante. Je me suis réjouie de voir ma bienfaitrice devenue toute bleue, fripée, marbrée des extrémités inférieures à son étroit pubis chauve, aux lèvres avares et pincées qu'elle écarte sans plus de gêne que celles de sa bouche supérieure.

Elle a aussitôt deviné ma pensée secrète :

– Ma poupée, crois-moi : ce n'est pas demain que tu hérites !

Puis soulevant ses fesses plates, aussi vides que ses seins, elle m'a convié à lui enfiler ces étranges caleçons de flanelle bleu myosotis, festonnés de soie pourpre, sanglante, qui pendent comme des drapeaux le long de ses cuisses rétrécies ; et d'une voix haut perchée, par laquelle on convie l'auditoire à la comédie matutinale :

– ... D'ailleurs, je n'ai pas encore pris de décision définitive. Et toc !

– A quel sujet ? ai-je fait sur le ton d'innocence le plus propre, me semblait-il, à susciter l'hilarité sentencieuse et avertie de ces dames.

– Au sujet de mon cul, conclut-elle avec malice tandis que je lui mettais précautionneusement ses pantoufles.

Au dernier instant, désireuse – pour je ne sais quelle obscure raison : malaise, méchante nuit ou tout simplement lubie ? – désireuse, la chère, de pousser son avantage quotidien, elle m'a ingénument rappelé que nous étions vendredi. Sur quoi j'ai riposté qu'ayant eu de la tarte la semaine passée, nous étions, sans contredit, un vendredi à « Petits Suisses » au sucre.

Elle a eu un hoquet d'allégresse, suivi de ce rire muet, sec, tout en dents, qui lui vient d'une vie consumée dans une loge de concierge sans quitter Paris, ni même franchir le pont de l'île Saint-Louis, qui fut le lieu de sa réclusion perpétuelle ; un rire à goût de cendres au cours duquel ses paupières s'ouvrent et se referment alternativement, comme l'huis d'un guichet, sur l'avidité toujours déçue de son regard.

– Des « Petits Suisses » au sucre ? Bravo. Je me sens tout d'un coup une envie *esse*traordinaire de me farcir de ces petits Messieurs-là ! Hé hé hé !

Elle chevrotait, souriant du bout des dents à cette plaisanterie éculée. Il y eut des commentaires favorables. Mais comme je l'interrogeais sur la manière de lui monter ma portion, elle eut soudainement un air gêné ; jeta un coup d'œil, par-dessus mon épaule, sur sa sœur de vin qui ne riait pas ; et me remit sans plus mot dire un « quart » militaire en fer blanc.

Le quignon de pain que j'obtins en partage, au petit déjeuner, me fit tant saliver que, ne sachant à qui témoigner de ma reconnaissance, j'ai approché de mes yeux ce bon morceau, qui me dure si longtemps sous la gencive, et lui ai murmuré un peu sottement, peut-être : merci, merci, merci !… Mais la pince cardiaque s'est resserrée sous mes côtes et j'ai réduit mon enthousiasme de moitié.

Néanmoins, cette bonne aubaine du sort m'avait attendrie ; et, sans plus différer, acceptant moi aussi le retour à l'enfance, j'ai subitement résolu de suivre la mode toute récente des haricots.

Sœur Marie des Anges s'est montrée fort correcte en cette occasion : j'ose dire que son comportement m'a plu.

– Ah, c'est la mode, c'est la très grande mode…, a-t-elle murmuré de façon un peu narquoise, avec juste le ton qui convient au ridicule humble de la chose.

– Mais moi, ma sœur, je n'ai pas l'intention de la baptiser… ma… enfin, vous comprenez…

– Pourquoi pas, le Quatorze ? a-t-elle dit gaiement ; et vous pouvez même lui parler. Savez-vous que c'était une des vertus du désert, pour les saints, que de parler aux plantes ?

J'ai dû la fixer méchamment, car ses joues exsangues se sont couvertes de deux rondelles rouges, de la grandeur de marques de ventouses ; et quelque chose de

profondément enfoui a modifié l'ordonnance rigou-
reuse de ses traits, tordant la bouche et soulevant de
façon grotesque une arcade sourcilière, ce qui faisait
une sorte de rictus autour de son regard bleu. Nous
étions à la sortie du réfectoire et sœur Marie des Anges
tenait encore à la main ses clés et la petite baguette qui
lui sert à marquer le début et la fin du repas, ainsi que
les actions de grâces. Elle ne s'est pas départie de sa
raideur mais sa voix s'est faite douce, persuasive :

– Sérieusement, le Quatorze, j'estime que ça vous
fera du bien. Ça vous fera même une conversation…

– J'ai tout de même la Jeanne, ai-je dit un peu vexée.
Elle a hésité :

– Si peu.

Et comme je me taisais, anéantie par la justesse de
cette remarque, sœur des Anges a repris avec la même
nuance de gaieté dans sa voix toujours égale :

– Dieu nous invite à aimer les plantes et pourquoi pas
à leur parler ? Croyez-moi, il y trouvera son compte…

Visiblement, elle ne se moquait pas ; et je l'ai suivie
dans la réserve où sont entreposées, en prévision de
nouveaux «cas», une dizaine de boîtes de conserves
emplies chacune de bonne terre et d'humus. Elle a longuement choisi un haricot blanc dans le sac de jute, l'a
éprouvé entre ses dents, et me l'a tendu avec un air de
gravité bouleversante, disant : «Je crois qu'il germera,
le Quatorze…» Alors je l'ai regardée attentivement,
et, était-ce à cause de cela ?… elle s'est mise à tousser,
comme elle fait depuis le début de l'automne, et elle
m'a dit en souriant de sa bouche encore garnie : *Moi
aussi, je vieillis.*

A ce moment, sous la tristesse convenue de son
visage s'est posée une ombre qui était, je crois, celle
de la peur, l'ombre de cette même peur qui fond parfois

27

sur les autres pensionnaires du Trou, soulevant les chairs d'un subit coup de griffe ; et j'ai compris que sœur Marie des Anges commençait à ne plus voir dans la mort rien que le déploiement de sa chère âme, mais aussi la putréfaction de la bouche, du nez, des mains qu'elle a diaphanes, et de ses beaux yeux couleur de ciel.

J'ai quitté l'économat sans la remercier – par pur oubli ; mais comme je parvenais au grand escalier de pierre, j'ai cru entendre le chuchotis de ses escarpins derrière moi.

Me prenant la boîte des mains :

– Et alors, le Quatorze, comment comptiez-vous monter avec tout ce chargement ?

– Ma sœur, je ne sais pas comment… mais j'y arrive.

J'ai accroché du bec de ma canne un barreau de la cage d'escalier, et je me suis hissée d'une marche, de deux, de trois comme à l'ordinaire. Une fenêtre battait, quelque part dans l'immeuble ; nous montions en silence, les jupes fouettées par le courant d'air glacial. Ma hanche pesait comme un sac de plomb à mon côté droit, et pourtant j'en sentais chacune des fibres, chacun des nerfs à vif dans leur boîte de cartilages. Et, non sans méchanceté, je me suis demandé quelle partie de son corps lui était le plus pénible à imaginer pourrie dans la fosse. Après quelques marches de réflexion assidue, il m'a semblé que ce devait être sa virginité ; que lui était assurément gênant de voir, par avance, dévorée des vers, gâtée par les eaux, rongée et perforée de mille façons la chose même, précieuse entre toutes, qu'elle avait si scrupuleusement protégée des hommes – au prix de quelles souffrances cachées ?

A cet instant précis, une main osseuse s'est glissée sous mon aisselle, comme pour soulever la hanche qui pendouille. J'ai murmuré, avec un frisson de joie douloureuse (mais sans oser me tourner vers sœur des Anges) :

– Ma sœur, ma sœur, qu'est-ce que vous faites donc là ?

J'entendais sa respiration courte, sifflante sous l'effort ; ce qui m'a fait reprendre :

– Sœur Marie, mais je suis une trop grosse vieille bique… pour… un tout petit pasteur comme vous ?

Et je l'ai entendue rire, d'un rire assez doux, comme celui d'une vieille étoffe de velours qui se déplie ; et puis j'ai cru entendre, au milieu du concert sarcastique de mon esprit, un chant mélancolique de flûte qui montait de façon émouvante, détaché, un peu solennel, avec quelque chose d'aigrelet, par instants, qui figurait assez bien sur le mode musical ce qu'il y avait ce matin-là sous la tristesse convenue de sœur Marie des Anges.

Déposant le « pot de fleurs » sur ma table de nuit, j'ai entrepris de hisser ma hanche… Il me suffit, à l'ordinaire, d'un saut infime, précédé d'une sorte de trémulation incantatoire, pour projeter – d'un seul coup d'un seul – la masse de mon fessier gauche sur la barre d'encadrement du lit. Un court trait de feu ; un cliquetis dans la hanche droite ; la douleur ne dépasse jamais les limites du cri. J'ai craché le goût de métal dans un mouchoir ; remonté les trois couvertures jusqu'à mes bajoues ; et, bien installée sur le dos, je me suis plongée dans une longue contemplation du « pot » où la graine commençait déjà sa seconde vie, me semblait-il, flairant la terre, se gonflant… telle une toute jeune promesse d'enfant.

Au bout d'un certain temps, sans doute engourdie par le froid, j'ai cru percevoir des pulsations en provenance du haricot. Fermant les yeux, j'ai retenu mon souffle, absurdement attentive à ce bruit qui se confondait maintenant avec le battement ténu de ma poitrine. J'étais si vigilante que ma tête me semblait tout entière devenue un organe de l'ouïe, tels ces poissons d'abîmes qui sont sans yeux et dont on dit qu'ils entendent de toute leur peau nue d'écailles. Mais plus je me crispais et plus les pulsations diminuaient ; et soudain je n'ai plus rien entendu du tout, sauf le brouhaha du dortoir et un murmure insistant qui paraissait provenir du lit voisin. C'était Mme Sidrelle qui me répétait, pour la troisième ou la quatrième fois :

– Alors vous en êtes contente, de votre plante ?

– Ah ! madame Sidrelle, franchement oui, oui, oui !

– Et quel nom allez-vous lui donner ?

Tout excitée, elle avait réussi à se hisser sur un coude et ses lourds yeux pleurards et jaunes, à la paupière nue éversée sur le globe, me scrutaient avec un égarement dans lequel je lus soudain mon propre début de gâtisme.

– Je… je ne me suis pas encore décidée.

– Il faut, mon enfant, il le faut *vraiment*… Et s'il vous plaît, baptisez-le Joseph… Joseph… (Jo-sè-ffe, articulait-elle tendrement) pour faire la paire avec ma Joséphine.

Et, se tournant vers son plant de haricot, superbe en son berceau plaqué de papier argent, avec un rang de perles au pied de la tige d'un vert languissant et ce gorgerin, ou plutôt cette fraise en dentelle de papier bleu roi que lui avait découpée Mme Minkowska, le Dix-neuf, du ciseau ondoyant et sûr d'une paysanne polonaise :

– … N'est-ce pas, ma petite fille, que tu seras heureuse d'avoir un joli petit Joseph comme voisin ?… Mais il faut que tu sois bien sage, sinon : la mort, hi, hi, hi… Regarde comme ta mémé s'occupe bien de toi : tu as le plus joli berceau de toutes ; il lui manque seulement une feuille d'argent, mais il faut que nous attendions la prochaine plaque de chocolat. C'est dur, tu vois, la vie. Fais tout de même câlin à ta mémé, ma fille. Câlin, câlin, câlin. Ah ! là là, ce que tu es bonne avec moi : tu ne mourras jamais.

Puis m'observant à nouveau, l'œil pâle, inquiet, tandis qu'un tremblement spasmodique agitait cette boule de cuir bouilli, filandreux, qu'était devenue sa tête, elle clapota d'un air grave :

– Alors, vous faites donc toujours des rêves de chien, ma pauvre madame Marie ?

Je restai interdite ; elle devina que sa remarque m'avait bouleversée, car aussitôt :

– Oh moi, bafouilla-t-elle à nouveau, de sa bouche vide de poisson (que sœur des Anges nourrit à la petite cuiller, comme un bébé dont c'est encore le seul mode d'appréhension du monde),... moi vous savez, ça ne me gêne pas... Entendre ça ou le tapage qu'elles font... toutes les nuits...

Et se penchant au-dessus de la ruelle, en confidence :

– Vous, au moins... vous ne pétez pas.

Elle est restée plusieurs secondes à branler du chef en tirant sa langue noire, lichenifiée ; tandis que ses prunelles, affectées de l'arc sénile, remontaient doucement sous la paupière,... ne me livrant déjà plus que le blanc jaunâtre, étale – blanc d'œuf – de la sclérotique. Tout à coup elle a gémi : « J'aurais dû faire ma première communion, j'aurais dû... j'aurais dû... » et, les yeux toujours en dedans, elle s'est écriée d'un air d'étonnement extrême : « Mon Dieu, je n'ai plus rien : plus de bouche, plus d'*estomaque,* fini !... Et v'là que la peau de mon ventre c'est du zinc, aïe... aïe !...»

Enfin, elle est retombée sur l'oreiller, les paupières toujours soulevées sur le blanc des yeux ; mais je la savais endormie car ses doigts ne maniaient plus le chapelet de corail, qui marque automatiquement son passage de l'hébétude à l'état de veille.

Déjà, réveillés par la remarque de Mme Sidrelle, les cris avaient envahi ma gorge ; et l'on eût dit, cette fois, un nid duveteux au fond du larynx, avec une dizaine d'oisillons qui ouvraient cocassement le bec.

J'ai craint que *tout ça* ne traverse le barrage de mes gencives serrées l'une contre l'autre – à saigner. Il eût fallu pouvoir se lever, gagner tranquillement la grande table ; y couvrir, comme à l'ordinaire, deux ou trois pages du vieux cahier d'écolier, jusqu'à la sensation douce-amère que procure l'angoisse coulant sur le papier. Mesure d'hygiène : la nuit expulsée sous forme de petits cris de plume ; puis noyée dans la chasse d'eau du palier, pour en faire disparaître les traces par trop compromettantes, ici !

Les deux mains serrées contre ma bouche, j'ai compris que cette angoisse-ci ne se laisserait pas circonvenir de la sorte. Et dans mon désespoir j'entrevoyais, déjà, toutes ces dames se pressant autour de mon lit, tandis que je m'égosille… tandis que je m'égosille…

Au risque de me fracturer quelque bijou d'os, je me suis laissée choir sur le plancher et j'ai mis en toute hâte mes plus chauds lainages – ainsi que mes caoutchoucs, à cause de la neige fondue. J'étais comme folle et j'ai bien failli tomber de toute la hauteur de l'escalier. Quelle perte c'eût été, pour la gent masculine, me suis-je dit en étreignant fortement la rampe visqueuse, glissante, qui semblait vouloir pousser mes pensées jusqu'à leur terme logique : une grande dalle usée, en bas, au pied de l'escalier, qui accueille les maladroites et celles qui ne le sont qu'à demi – et que nous appelons, aussi haut qu'on remonte dans l'histoire de l'hospice : Consolation.

Il n'y avait qu'un seul vieux devant le pavillon des hommes ; c'était le « Sportif », qui battait la semelle en agitant ses bras et en soufflant par intervalles réguliers de petits jets de brouillard blanc.

Comme d'habitude, il a feint de ne pas comprendre quand je lui ai adressé la parole en français de France.

Mais aussitôt que je me fus moi-même traduite en petit nègre, il a dit d'une mine réjouie : « Y a bon, y a bon, le Sportif apporter missié Moreau » ; et il s'est mis à trottiner vers l'entrée du bâtiment, en répétant « y a bon, y a bon » et en agitant ses bras fluets à la manière de pistons.

J'ai constaté que le froid ne fermait pas le bec aux oiseaux et j'ai vu arriver M. Moreau, la panse tendue comme un sac, et ridiculement sanglé dans la veste réglementaire en drap bleu de l'hospice qu'il a fait retailler par sa belle, le Huit du palier. Pipe en bouche, le sire ; casquette à ancre marine sur le crâne cabossé ; et les deux poings dans les poches obliques de ses pantalons de « Mataf » déchu, qui tangue encore, tant qu'il peut, sur ses jambes amaigries, et ramène tout l'univers intelligible à quelques souvenirs de la Coloniale : pierre angulaire de son esprit.

Fort de cette auréole que lui font des cieux inconnus, il ne s'adresse aux femmes du pavillon B qu'en termes de « mouquère », « mousmé », « fatou » et j'en passe, qui sont comme autant de perles à sa cravate prestigieuse de grand séducteur international. (Engagez-vous, rengagez-vous dans la Coloniale ; amours portuaires ; blennorragies de couleur.) On lui prête des mœurs étonnantes, un pénis toujours vivace. C'est lui qui aurait mise enceinte la sexagénaire « momote » du A, expédiée *illico presto* à l'hospice de Nanterre, pour y accoucher, ventre battant, à la maternité qui accueille depuis trois ans les enfants conçus entre les murs de l'immense dépôt de vieillards (ou du moins, dans les terrains vagues alentour, le samedi après-midi, où les plus acharnés se vengent de la vie en insufflant la vie : tristes étincelles de noirs silex).

Seule Antillaise de l'hospice, j'ai droit au titre exclusif de « Doudou », et M. Moreau fait appel à mon témoignage pour authentifier ses descriptions les plus mirobolantes de la vie tropicale. Je lui dois la crainte qu'inspire à Mme Bitard ma pratique supposée de l'envoûtement par effigie, photos, rognures d'ongles, etc. Quant au reste, la couleur de ma peau ranime en lui des souvenirs de bordées ; et les quelques kilos de viande avariée qui ballottent autour de mes os ne sont pas sans lui inspirer, parfois, un long regard noyé de nostalgie. Mais il n'ignore pas le redoutable instrument qu'est la canne entre mes mains ; et ses propos, même lorsqu'il m'avance un verre supplémentaire de vin, ne vont jamais au-delà de la grivoiserie charmante qui fleurit en permanence sur ses lèvres de porc tricolore au rebut.

Toutefois, – je lui crois une certaine sympathie humaine à mon égard.

Il a compris que j'étais venue pour affaires et ne s'est pas départi de son air concentré – me laissant volontairement m'enferrer dans ma supplique. De temps en temps, il suçote le tuyau de sa pipe et sa lèvre inférieure s'abandonne, comme un élastique détendu, laissant s'écouler, suinter en rigole, un catarrhe jaune sur le bas poilu du menton. Enfin, il me dit en français de France, comme si j'étais une femme d'ici et que lui-même n'eût jamais caboté son plein saoul « dans les îles » :

– Impossible, ma pauvre madame. Vous me devez déjà trois verres ; ce qui fait, avec les intérêts, quatre verres et demi. Oké ?

Je suis restée un bon moment à le contempler, bien en face, jusqu'à ce qu'il se trouble enfin :

– Vous ne me comprenez pas, gémit-il sur un ton d'excuse ; moi, je n'ai rien contre vous, *ma Doudou*. Mais jamais je ne prête plus de trois verres à la fois : un principe. Sinon ça me fait de trop grosses pertes, en cas que les gens oublient leur dette… ou… s'ils meurent. Alors qui c'est le dindon, hein ?

Son masque lourdement charpenté ne retient plus les chairs qui s'effondrent. Ne le connaissant pas, on pourrait croire à l'effet dissolvant d'une grande bienveillance, d'une compassion délicate qui se coule entre les fibres musculaires, les gonfle de son jus suave, et, défaisant l'agressivité constitutionnelle de toutes les gueules humaines, – réduit les traits légèrement léonins à une sorte d'onctueux, de boniface et monumental groin mou.

Me voyant toujours silencieuse, arquée sur ma revendication, il baisse enfin la tête et lâche sans me regarder :

– C'est donc si grave ?

– J'ai besoin d'un verre de vin, monsieur Moreau.

Mon ton de suprême froideur semble l'avoir piqué au vif ; craint-il de couper tous les ponts d'avec l'unique témoin de splendeurs révolues ; ou la sympathie réelle – quoique mitigée de… condescendance ? – qui est la sienne à mon endroit lui permet-elle d'entendre les petits cris qui s'insinuent entre ma bouche pincée, avec un tzzz tzzz imperceptible qui fait vibrer mes lèvres à leur passage, sans que je puisse, autrement, les en empêcher ?

Soudain il vire lentement de bord et je me dirige vers la remise à outils où, cinq minutes plus tard, il me rejoint avec la fiasque dissimulée dans la poche spéciale de sa vareuse ; le verre est dans sa casquette, qu'il maintient avec une désinvolture exagérée sous le bras. Je trempe ma lèvre supérieure dans le vin froid ; et j'avale en fermant les yeux, pour me laisser envahir, toute, par l'alcool. Vainement j'attends que les vapeurs montent. Rien. Trois fois rien. Alors je m'essuie lentement la bouche et j'ouvre les yeux sur M. Moreau balbutiant, en ce créole de la Martinique dont il connaît encore quelques mots :

– Mon petit Doudou, je sais pourquoi vous êtes si triste… chimérique, voilà… tous ces derniers mois : c'est parce que vous avez la moule qui bâille, n'est-ce pas ?

Heureusement je n'étais pas sans savoir, moi, par le Huit du palier (qui l'avait confié à la Jeanne, laquelle me l'avait transmis huit jours plus tôt, la dernière fois qu'en l'absence de la Bitard nous avions eu le bonheur d'échanger quelques mots ensemble, dans l'escalier – *bonheur partagé ?*…) je savais, oui, que la virilité de M. Moreau était toute de légende ; qu'elle s'était détachée de lui comme la graine sèche d'un arbre ; qu'il n'en restait plus même l'âme et que tous ses airs bravaches, cette pseudo-idylle avec la pauvre vieille, les mots obscènes qu'il venait de prononcer, n'étaient que le résidu, en lui, des comédies immémoriales qui constituent l'un et l'autre sexe et qui se poursuivent après que le sexe n'est plus – étranges, fantomatiques rôles sans acteurs qui jettent parfois les déments séniles du pavillon B contre leurs voisins, pénis à découvert et le poing levé en une démonstration ultime de leur qualité d'hommes.

Certes, en bonne philosophie, il eût fallu répondre à M. Moreau par une violence au moins égale à celle qu'il me faisait ; mais je n'y parvenais pas, me sentant comme affaiblie, éblouie de honte. Et puis, quelque part en moi, la perspective d'un deuxième verre de vin me retenait.

Je pris un air de gaieté qui montrait combien, oh combien j'appréciais la plaisanterie :

– Hélas, monsieur Moreau, mon sexe ne bâille plus pour personne !

– *Mais si, mais si,* Doudou… je suis sûr que tu as la moule qui bâille, reprit le galant avec une sorte d'égarement buté, naïf, douloureux.

Il semblait à peine conscient du tutoiement dans lequel la chaleur de ses propos l'entraînait ; et ses lourds yeux pochés de nostalgie ne voyaient plus dans ma « personne » que le support à peine matériel de sa chimère : « *Ah ah si tu voulais…* », reprit-il tout d'un coup avec une sorte de désespoir humble, enfantin, qui semblait viser, en moi, la faculté de croire plutôt que la disposition à quelque complaisance dont toute son attitude démentait qu'il en eût vrai désir…

Je ne pus réprimer un hoquet dérisoire d'allégresse :

– Monsieur Moreau, articulai-je enfin, d'une voix sévère qui fouaillait son infidélité envers la pauvre petite vieille aux rubans verts ; monsieur Moreau, vraiment, vraiment, vous me décevez au plus haut point : vous n'avez donc plus le Huit du palier ?

Et poursuivant sur ma lancée j'ajoutai, d'un ton plaintif, *efféminé,* qui l'amadoua complètement :

– Non, non, vraiment, je vous assure… tous les hommes sont des rats qui n'hésiteraient pas à entrer dans le corps mort, dans la dépouille d'une rate !

Il eut un petit rire flatté et, s'excusant d'un haussement d'épaules, il reprit sa fiasque avec un soupir feint de regret ; et comme il me contemplait à nouveau, répétant de façon mécanique : «Ah ! jeunesse… jeunesse… », je compris soudain que son imagination inscrivait présentement sur ma peau noire le souvenir lointain, fugace et ingénu, du temps où il bourlinguait en la mer des Antilles, dans l'uniforme souverain de sa peau blanche et le flamboiement de ses testicules…

Remontée dans le dortoir, je me couchai à même les couvertures avec l'intention de fuir dans l'un de ces romans qui traînent depuis plusieurs mois sur ma table de nuit. Le vin était descendu tout droit dans mon estomac, où il constituait une sorte de caillot aigre. Je ne pus lire au-delà de quelques lignes : toutes ces pensées d'Européens me rebutaient ; je n'y pouvais plus entrer, comme on s'arrête à la porte d'une illusion trop connue.

Soudain je crus l'ivresse venue : un voile rougeâtre s'étendait lentement devant mes yeux, qui se désagrégea, hélas, me découvrant un grand cheval à la robe ensanglantée qui galope dans la nuit – de temps en temps, l'animal pousse un hennissement.

Alors soulevant mes lorgnons, je frappai mes paupières du poing et me retrouvai assise sur le lit, volontairement réduite au présent, avec ce caillot de vin aigre dans mon ventre et la folie des corbeaux qui déchiraient à nouveau ma gorge de leurs croassements ; là, tout simplement, sans désirs, sans souvenirs, sans pensées d'aucune sorte, à jamais perdue au milieu du monde obscur et froid des Blancs. – Oui, ce sont les mots…

Cahier 2

Temps mort. Imperceptible fragment d'éternité. Dépouille animale dans une grotte sans âge. Le crime d'être née ; et l'horreur de l'absolution finale. – Combien de minutes s'écoulèrent de la sorte, hors du sens commun ? Bah…

Puis ce fut la lente émergence d'humeurs fluides, colorées, paroles qui transpiraient, se levaient quelque part – d'elles-mêmes, dirait-on – au-dessus des tubulures transparentes de mon crâne ; semblables à ces vapeurs bleuâtres qui se déroulaient dans l'air chaud de mon enfance, au-dessus des vieux alambics à rhum qui fonctionnaient encore à la fin de l'autre siècle : *Lune-lune, coquelune ; il te faudrait toucher le fond de la faiblesse. Descendre. Glisser toujours plus bas. J'ai fermé toutes les issues, mais vois… la nuit réveille les monstres. Qu'y puis-je Raminagrobis ?*

Toujours perdue en ce brouillard, je suis descendue au pied de mon lit ; et, m'agenouillant, j'ai tiré à moi la valise de carton mâché qui me tient lieu de garde-robe et de sanctuaire.

Depuis deux ans, depuis le jour de mon entrée dans le Trou, le paquet repose dans le même angle de la valise ;

mais cet hiver, des plaques d'humidité verte lui donnent l'aspect de ces colis d'ordures ménagères qui stagnent, oubliés, dans les poubelles de banlieue. Cinq à six kilos de photographies et de lettres tassées comme des vieilles dans une fosse commune : le poids actuel de mon destin.

Un peu effarée, j'ai songé à celles dont la destinée est infiniment plus légère que la mienne : par exemple le Vingt-six, avec sa natte blonde et feuille-morte, à rubans bleus, qu'elle enferme dans un poudrier de palissandre ; ou le Seize, dont l'*imago mundi* se réduit à une seule et unique photo – d'elle-même, en première communiante.

Puis, d'un doigt tremblant, j'ai caressé la surface toute hérissée de nœuds et presque aussitôt les cris ont cessé, faisant place à une douleur plus humaine.

Et si, cédant à la tentation, j'allais briser la mince barrière de papier qui me sépare… ?

Chère folingue, ne serait-ce point faire une nouvelle entrée… dans la Vie… avec sa poussiéreuse traîne d'espoirs, de délires, d'enchantements… qui se tortilleraient, sur le plancher de l'asile, en vermine plus sournoise que celle… ?

Renonçant à défaire le paquet, j'ai glissé une main sous la pile de linge et me suis discrètement saisie de l'enveloppe scellée.

– Qu'est-ce qu'elle fait ?

– Chut… un instant.

Aussitôt, j'ai senti derrière moi le souffle intrigué de la Peuchemard ; et, glissant l'enveloppe dans la manche de mon gilet, j'ai étalé, pour donner le change, un vieux caleçon de flanelle dont je me suis mise à exa-

44

miner la surface rose dévorée des mites. Puis j'ai entrepris de me remettre debout : et voici ma canne, mes bonnes amies ; et voici encore, pour clore vos becs, un honorable carré de papier à cul.

Toute soupirante, j'ai gagné les water du palier où j'ai repoussé la targette, avec l'émoi, fiévreux, dont témoigne la Peuchemard à se perdre en des monceaux de billets-doux jaunis. Le cachet de cire, l'enveloppe qui cède sans résistance, comme une doublure usée ; enfin, d'une main tremblante, j'ai retiré la feuille de siguine que j'ai trouvée un peu maigrie depuis la dernière fois ; et cependant, toujours assez jolie de chair pour qu'on la reconnaisse d'entre toutes les plantes anémiques d'Europe.

Sa forme aussi m'a touchée – en éventail chinois –, comme on retrouve avec délices la courbe d'un visage.

Mais surtout, elle avait conservé assez de laque, de velours et de moire pour que, l'imagination aidant, s'y reflète un dernier rayon de lumière du pays. Et je ne pouvais me lasser de contempler l'épaisse matière de sa peau noire, que nos galants naïfs comparaient à la peau – suave entre toutes – des négresses bleues de quinze ans ; de cet âge mystérieux où les eaux du corps remontent à la surface des jeunes filles ; en une rosée que le soleil avive, glorifie, au lieu de la dessécher comme il fait avec la rosée des plantes. *Aïe siguine douce toujours gonflée d'eau ; siguine de la rivière à Z'icaques ; siguine des temps anciens...*

Longuement j'ai caressé la feuille gisante, du doigt, de l'ongle ; sans parvenir à me défaire de son charme.

Pour finir, je l'ai posée contre ma joue et nous sommes restées, ainsi, l'une avec l'autre, je ne sais combien de temps... sœurs oubliées d'un même exil, me semblait-il curieusement.

Frissons d'écume, remous d'eau profonde : et voici soudain qu'une haute lame du Temps dépose, sur la plage désolée de mon esprit, la silhouette de grand-mère assise dans sa berceuse créole, sous la véranda, à deux mètres de la cuvette des water où je me tiens moi-même assise, une feuille ancienne de siguine à la main...

Grand-mère est nue comme autrefois, dans sa chemise de lin écru qui s'effiloche ; et, sur le haut de la cage thoracique, en bordure du décolleté, je vois distinctement la marque lie-de-vin (aux fers de son premier maître) qui descend jusqu'à mi-pente de la mamelle sèche, grivelée, semblable à une feuille de tabac. La marque admirable de son sein droit : horreur !... *Mais ce n'est pas toi que j'attends, Man Louise ; oh va-t'en vite, s'il te plaît...* Et ce pied atteint d'éléphantiasis ; cette courte pipe fumant sous d'énormes narines, qui béent d'aise ; et la peau racornie de son crâne, plissée, tavelée ainsi qu'un vieux mangot qui a séché dans l'arbre, de sa vilaine mort, au soleil, oublié de la main de l'homme. Et cependant, les grands yeux pleins de laitance et qui n'en finiraient jamais d'être humains, si lourds qu'ils soient devenus de résignation bovine – suspendus, à la joue noire, comme des excroissances maladives –; qui n'en finiraient jamais de me contempler, de me fasciner, avec cet air de bête apeurée, curieuse, languissante, qui était le sien devant toute forme d'insolite, devant toute expérience pour laquelle ses longues années d'esclavage ne l'avaient pas dûment préparée.

– *Par la pitié di Dié, par la clarté di Saint-Esprit, est-ce que ni an moune par ici ?*

(O, ce chuintement soyeux des muqueuses, semblable à la palpitation d'une bouche de poisson qui se résigne : soumis jusqu'aux écailles à l'ordre du monde qui ne lui a donné ni griffes, ni dents, ni même… l'envie de se défendre.)

J'ai hésité, à demi consciente du caractère irréel de l'apparition; puis, à contre cœur :

– Mais oui mémé Louise, mais oui très chère, il y a bien quelqu'un par ici…

Seconde hésitation; second remords :

– … Ce n'est que moi – Mariotte.

Aussitôt, un bras nu s'étire tel un appendice au bout duquel tâtonne la main de grand-mère, qui s'attarde avec surprise aux lorgnons; puis redescend tranquillement palper l'uniforme de l'hospice, se traîne le long des manches; s'appesantit, voluptueuse, sur mes doigts crevassés d'engelures.

– Tu es presque aussi vieille que moi, maintenant, madame, dit-elle avec une satisfaction non dissimulée.

– Oui, mémé… votre Mariotte a maintenant soixante-douze ans.

– Qué Mariotte vous me chantez là ?… s'écrie-t-elle soudain. Celle que j'ai connue me parlait toujours en créole ; elle doit bien savoir que l'eau ne monte pas les collines et que je ne comprends pas le français de France. Le cabri a beau faire des crottes en pilules, il n'est pas pharmacien pour autant. Et Dieu merci que je n'ai pas cette prétention-là, moi… de parler le français de France… *Mè-dèèème !*

Goutte à goutte, une longue traînée rouge descend de mes organes blessés jusqu'à la lisière de ma jupe.

Toute vidée de tristesse, réduite à néant, je ne sais que répéter de mon ancienne voix de petite fille : *Aïe mémé chè, aïe toute-douce an moin…* ne m'appelez donc plus madame, s'il vous plaît !… Qui prétend que je ne sais plus parler le créole ?… Quel diable a bien pu vous mettre en tête cette fausseté ?… Mais toutes les pluies du monde n'enlèveraient pas sa force au piment : le-savez-vous-ne-le-savez-vous-pas ?

Et cependant grand-mère, inflexible, repousse d'un coup sec la berceuse, comme pour s'éloigner de moi ; et puis me scrute, m'examine, de toute la concentration intellectuelle de ses gros yeux délavés, recouverts d'une taie grise qui filtre impitoyablement mon être…

– … Ma-dame, ma-dame, articule-t-elle enfin, d'une voix lente et aigre et glacée par le reproche ; je le vois comme soleil-midi que tu es restée la même-pareille qu'autrefois. Mais il y a courir ; il y a être las ; il y a la chute. Te voilà donc toute nue et crue devant moi ? Qui l'eût dit ?…

« Par la maudicité du sang !… combien de fois ne t'ai-je pas mise en garde : reste à ta place de négresse, ma fille, n'en bouge pas d'une corde ; sinon le monde blanc va t'écraser comme un simple margouillat ?…

« Tu croyais peut-être m'avoir fait illusion ?… De la

terre jetée dans mes yeux ?… Mais couillonnez le médecin, et puis la maladie reste : hon !… D'ailleurs je t'apprends que je savais tout, absolument tout ; car je t'ai suivie pas à pas, sans te lâcher d'une minute, au fin long des années à péché que tu as promenées sous le regard du Bon Dieu. Et maintenant que te v'là arrivée à terme, je t'écrase tout bonnement et je te dis : aussi longue que soit l'agonie, ta mort est certaine ; zig zag zog, le méchant est frit ; pilibili pilibili pilibili, et le Diable rit !… Mais qu'as-tu donc gagné à faire tes maniganceries ? Ho ! qu'y as-tu gagné ?… *Et cette petite négresse-là a craché sur ma tombe : crois-tu que je l'ignore ?*

– Pardon mémé, pardon…

J'ai répété encore une fois, avec une lenteur et gravité quasi liturgiques : pardon mémé, pardon…, mais la vieille négresse ne semble pas m'avoir entendue et ses yeux glauques se tournent maintenant vers la lumière des bois qui est devenue rose pâle, tandis que des fleurs d'ilang-ilang montent dans l'air chaud, soulevées par la brise du soir. Une luciole trace de courts éclairs verdâtres autour d'un pied de malanga et quelque bête hurle, dans le lointain, vers les nuages qui masquent entièrement les hauteurs de la Pelée. Puis c'est la nuit, et grand-mère effrayée, toute bruissante d'invocations, allume en grande hâte un fanal qu'elle suspend avec soulagement au crochet descendant de la toiture. *Soleil couché, malheur pas couché*… marmonne-t-elle vaguement en soulevant son « éléphantiasis », qu'elle dépose sur le barreau inférieur de la berceuse ; enfin, se tournant vers moi :

– … Alors tu es toujours là, madame ? M'est avis

que c'est toi qui les empêche de venir, *eux-autres*... Comment veux-tu qu'y-z-entrent, sachant qu'il y a un esprit dans la maison ? Pardon, pardon, tu es toujours à dire pardon ; mais « pardon » ne guérit pas bosse, le-sais-tu-ne-le-sais-tu-pas ?

Sous le faisceau dansant du fanal, le profil de grand-mère semble taillé dans ces roches grises qui se dressent devant le ressac, non loin du Prêcheur, et que la houle recouvre par instants d'une mince pellicule argentée ; mais, sous ses paupières, si profondément creusées par le Temps, il n'y a aucun regard pour moi quand Man Louise reprend de la même voix haineuse et glacée :

– Si tu es vraiment Mariotte, alors tu dois savoir que ce qui t'arrive est bien mérité : oh oui, Seigneur qui fouaillez... Rappelle-toi, sans-vergogne, sans-maman que tu es, rappelle-toi ce que je t'ai toujours dit : si ta place de négresse est sur le seuil, alors ne pénètre pas dans le salon... ou bien le pied chaussé des Blancs va t'écraser comme un gros ver lombric !... M'entends-tu, poussière ?

– Oh oui, comme un gros ver lombric.

– ... Et souviens-toi encore de ça, que je te disais : le désir t'est envoyé par le Diable, et si tu tombes dans ses filets... la main de fer des Blancs te saisira, te triturera et te jettera aux ordures comme un cafard jaune que t'es !

– Oh oui, c'est ça, mémé... un cafard jaune.

– Et souviens-toi encore de ça, que je t'ai répété un bon millier de fois : *z'yeux à Blancs ka brûlé z'yeux nèg'*, et si tu oses lever ton regard vers eux... le monde blanc tout entier va se mettre en branle et n'aura de cesse que tu ne soyes devenue plus mince et plus transparente qu'une limace tombée sous le sabot du bœuf !

J'ai murmuré, sans amertume, comme pour moi-même : qu'une limace tombée… et j'ai compris que grand-mère n'en finirait jamais de m'écraser sous le poids de ses prophéties, dussé-je prendre patience un millier d'années, près de la berceuse dodine, sous la véranda de *case-à-moman-moin,* attendant en mes vêtements d'Europe une parole un peu chaude qui ferait fondre la gangue de glace dans laquelle je me tenais, frileusement – prise au piège translucide de ma propre destinée.

A cet instant précis, elle a tiré une grande bouffée de sa pipe et n'importe qui aurait pu la voir sursauter : – comme si, quelque part en elle, une petite vague d'émotion se soulevait en ma faveur (quoique ses traits demeurassent empreints de la même réprobation muette).

J'ai prononcé très vite, en bredouillant de joie : « Je m'en vais, oh je m'en vais tout de suite !…» ; et, comme elle ne semblait pas m'encourager à partir, j'en ai conclu, fort misérablement, qu'une lueur de sympathie voletait encore pour moi sur la terre et j'ai exhalé un faible « aïe », car cette découverte me brisait le cœur.

Et alors, d'une voix triste et sage, sucrée, de conteuse noire, j'ai murmuré à l'intention de celle qui porta les chaînes dans son âme tout au long de sa vie – plus profondément inscrites que la marque au fer rouge de son sein droit :

– Oh là là oui, grand-mère, tu avais raison jusque dans la moindre de tes paroles ; jusque dans le souffle même de ta voix… J'aurais pas dû, non, j'aurais pas dû m'en aller… *comme la reine aux longs seins…* J'aurais pas, non…

Lors, j'ai vu le premier crachat atterrir sur la jupe de

l'hospice et je me suis arrimée à ma canne pour ne pas choir dans la flaque de sang répandue à mes pieds : « Voyons, que fais-tu là grand-mère ? Pourquoi me cracher dessus ? Zip zip zip… moi qui voulais simplement te demander, si que ce serait… un effet de ta bonté… de me dire Mariotte une petite fois… une seule petite fois ?… Ce petit mot de rien que je voulais entendre… Mariotte… non, Mariotte ?…»

Mais du fond des temps où elle se tient assise, invaincue, grand-mère continue de cracher dans ma direction, sans relâche, à gros jets de bave pourrissante, avec la même, ancienne, sempiternelle expression de condescendance méprisante pour la fillette « mal sortie » que je fus – venue au monde avec des cheveux trop crépus, une peau trop violacée, d'épaisses narines qui déparaient, sans doute, la faune délicate de la case où la proportion de sang *humain* était généralement plus élevée que celui coulant dans mes veines de Câpresse (à gros grain et fessier callipyge !…)

Et la voici, ô vieille paillasse des Blancs, qui s'en donne à cœur joie et crachote et bavote et glairote à pleins bords sur moi qui lui rétorque doucement, amèrement, tragiquement, en pensée : Man Louise, la marmite a dit au chaudron : tu as le derrière noir, ha ha ha ha ha !

(Mais au fait : qu'avait-elle donc à m'envier avec cet authentique paillasson qu'elle avait toujours porté sur sa tête, plus crêpelée que la mort, et qui symbolisait parfaitement les arcanes de son cœur d'esclave portant son maître en lui-même, alors que les chaînes sont tombées ?…)

… Et cependant qui continue de plus belle à projeter vers moi sa bave de sinistre silure, avec la même expression amusée qu'autrefois devant le spectacle – dérisoire, de mes prétentions de négrillonne qui *veut faire de la fumée* ; racler et fouiller l'univers jusque dans ses moindres recoins ; et, si besoin, monter jusqu'aux greniers du Ciel pour voir ce qui s'y passe – quitte à mordre, ô scandale inouï, la main sacroblanche du marin qui avait offensé tante Cydalise !

… A gros jets de salive écumeuse, dans les water du palier, sur moi, grand-mère, avec la même expression humble et têtue, plus ferme que le roc, dont elle nous mettait en garde contre le piège universel tendu par les Blancs ; lesquels, selon sa jugeote avilie, s'efforçaient, par pure malice de Dieux blancs, de nous convaincre de la fin de l'esclavage tout en sachant qu'ils pouvaient – à chaque instant, au gré de leur caprice – soulever la nasse antillaise où grouillait notre poissonnaille ivre de sa terrible illusion !… Race tombée, je vous dis !…

« … Mais qu'est-ce qui vous prend donc, vous les nègres d'aujourd'hui ? s'écria-t-elle, soudain, avec un air de commisération profonde pour ma naïveté ; depuis Congo le dos meurt pour l'épaule, et l'épaule n'en sait rien ; qui le lui dira ?…

«Alors pourquoi ne pas m'avoir écoutée, madame ?… Moi qui sais ?… Qui *connaîs* ?… Tu ne le vois-t-y pas qu'en dehors du fouet, rien n'a changé : nous travaillons sur les terres du Blanc, nous sommes debout derrière sa chaise ou couchés sur sa houe… comme aux temps anciens ? Et le Bon Dieu, là-haut, qui nous compte ?… Non, non, rien n'a changé mes bons petits apôtres de poissons !… Sinon que le pêcheur vous amuse du bout de sa ligne… et qu'il est en train de vous jouer un de ces tours de *coco-macaque,* messieurs... dont vous vous réveillerez, un beau matin, sur la terre comme au ciel, ouaye!... sans comprendre d'où vous viennent tous les coups de bâton qui vous seront administrés en punition de votre orgueil – sacrés démons noirs que vous êtes!... Et floc! Et crac!... Et blogodop!...»

Alors, la voyant décidée à me cracher dessus jusqu'au Jugement Dernier, je me suis tout à coup emportée, comme dans les hauteurs salubres de ma jeunesse; et, donnant de grands coups de canne sur le plancher des water, dont jaillissaient de toutes parts des myriades de crapauds-buffles s'entassant jusqu'à mes genoux, de cancrelats véloces, de maringouins à la pique haineuse et de chauves-souris qui s'abattaient par paquets sur ma chevelure, je me suis écriée avec l'accent de la plus claire indignation:

– Seulement ces mots que j'attendais de toi, grand-mère; seulement ces mots: *Alors Mariotte, coumen ou yé chère? Coumen ou yé chère?... chère?*

O subtilités vicieuses du cœur humain : il me faut sourire tendrement à la pensée de Mlle Giscard, l'honorable vieille fille du Vingt-huit, s'écorchant le poing contre la porte des cabinets – en pleine bataille contre ses intestins, la bouche pincée d'effroi ; tandis que, parfaitement installée sur le trône, je poursuivais les yeux clos mon dialogue avec le fantôme récalcitrant de Man Louise. «Vite, vite, vite !...» s'écria soudain Mlle Giscard d'une voix suraiguë, aux accents vibrants de désespoir, cependant qu'en un bref éclair j'entrevoyais grand-mère soulevant l'avant-bras devant son visage apeuré, comme pour se protéger des coups de canne rageurs et saccadés que j'assenais à toute force, sur le plancher des water ; puis une déchirure se fit et je m'élançai vers la porte, flairant le désastre !

J'eus à peine déverrouillé que la pauvre demoiselle se précipitait déjà vers la cuvette – long, maigre, inoubliable obus froufroutant –, ses deux mains crispées sur les culottes à mi-hauteur de cuissettes... Malheureusement, les sphincters n'avaient pas attendu ; et, voyant les tristes matières glisser jusqu'à ses genoux, Mlle Giscard s'assit douloureusement sur la cuvette et se mit à larmoyer sur son infortune, sans m'accorder un regard.

Extrêmement désagréable en soi, la situation était d'autant plus éprouvante que Mlle Giscard appartient au petit nombre d'élues qui considèrent l'évacuation de leurs intestins comme une affaire strictement privée. Anciennement institutrice, elle devint très enceinte, sur la quarantaine, à la suite d'une grande découverte sentimentale. On l'expulsa de l'Enseignement : elle s'attrista ; elle s'alita ; elle avorta. Il lui en resta une salpingite et le goût des voiles noirs, des crêpes, des airs lugubres et distants par lesquels elle annonçait son intention de porter le deuil d'elle-même jusqu'à son dernier souffle. Elle est visiblement très pénétrée de cette dignité de morte. Et quoique semi-impotente, on voit sa haute silhouette se traîner de longues minutes jusqu'aux water du palier, comme pour fuir, encore un jour, une heure, l'ignominie inéluctable du pot de chambre.

J'ai murmuré un mot d'excuses et, la voyant prostrée sur la cuvette, parfaitement immobile (sauf le filet de larmes s'écoulant jusque sur son menton anguleux, et le *nerf tressailli* qui faisait sauter, plus qu'à l'ordinaire, sa paupière supérieure d'échassier), je me suis glissée dehors pour ramener quelques instants plus tard une provision de papier journal, un broc d'eau, et deux lourdes serviettes d'avant-guerre. En dépit de mes précautions, plusieurs têtes s'échelonnaient dans l'entrebâillement indiscret de la porte. Ces dames savouraient le spectacle en silence et ne songèrent pas même à protester lorsque j'imposai le huis clos : papillotement d'yeux ronds, suçotis : le groupe de mouches s'éloigne sur ses pattes feutrées… Mlle Giscard, elle, n'avait pas bougé ; elle semblait – transie d'indifférence – un paquet de linge humide suspendu à une corde ; et seules ses deux épaules se redressaient, comme tiraillées par des pinces invisibles… Chose étrange, je me sentais moi-même tout engourdie de rêve et mes facultés baignaient dans un grailleux état second ; de sorte que la pauvre fille, quittant soudain sa stupeur pour se répandre en propos acides à mon égard (quoique son corps se prêtât sagement à la toilette, comme ignorant de mes faits et gestes précis à son endroit), j'eus beaucoup de mal à comprendre l'acte d'accusation qui fusait de ses lèvres arrondies par un juste courroux. Même, une sorte de confusion s'établit bientôt entre les reproches de Mlle Giscard et ceux que me faisait grand-mère en ces mêmes lieux, quelques minutes auparavant… Je l'avais fait exprès, assurait la morte présente ; et, tout en essorant un linge souillé dans la cuvette, je demandai pardon à la morte passée, jurant à voix très douce qu'il n'était aucunement dans mes intentions de lui administrer le moindre coup de canne sur la figure… Elle m'avait vue quitter le dortoir, disait Mlle Giscard, depuis au moins une demi-heure, et il fallait que je fusse bien « malveillante » pour la faire attendre dix « grandes » minutes à la porte ; et cependant je murmurai à Man Louise combien je regrettais d'avoir quitté la Martinique… quand même que tous les miens y fussent ensevelis sous la cendre du Mont Pelé…

– Vous pourriez au moins m'écouter ? N'êtes-vous pas consciente de… ?

– … Pardon mémé, pardon…

– Que dites-vous là ? Non, non, non, je ne supporterai pas davantage une attitude aussi… perfide, aussi… insultante ! Après le vilain tour que vous venez de me jouer ?… Et… Et puisque vous me poussez à bout, je me vois obligée de vous dire une parole que mes *antécédents* m'interdisaient jusqu'à présent : miam-miam !

Médusée, interloquée, j'ai regardé l'ancienne institutrice user pour la première fois de cette onomatopée, par laquelle, à la moindre discussion, certaines pensionnaires à bout d'arguments me renvoient à mon néant de négresse : « Miammiam, a-t-elle répété avec fureur et délectation ; m'entendez-vous ? »

Et comme je demeurais coite, elle reprit avec une insistance hystérique :

– Miam-miam, vous dis-je ! Hi hi hi !

Puis, retroussant les lèvres et désarticulant, désossant pour ainsi dire le prétendu vocable cannibalesque :

– Mi-âm… mi-âââm…

Il y avait quelque chose de si affreusement cocasse dans le spectacle de Mlle Giscard, affalée sur le trône, sa jupe retroussée jusqu'au croupion, et faisant claquer sur son bec de corneille posthume ces paroles absurdes qui ne laissaient jamais, néanmoins, de me toucher, comme le rappel d'une indignité métaphysique… Oui, de si lointaines distances – quasi astrales – séparaient la personne physique de Mlle Giscard ; la posture dans laquelle un sort méchant la surprenait (comme assise sur les décombres de la dignité laïque, gratuite et obligatoire) ; et la cruauté enfantine du miam-miam dont elle m'embrochait, qu'à mon grand regret, je l'avoue, je ne pus m'empêcher d'émettre un son voisin du trémolo.

Mais aussitôt, la voilà qui se redresse et projette comme une rapière son bras en direction de ma poitrine, où les frêles phalanges rebondissent sans plus d'effet !… Alors coup d'estoc sur mon épaule ; coup de taille au centre de mon abdomen ; recoup de pointe dans le gras élastique de ma hanche : je reste coite !… Et soudain une griffe s'élance avec allégresse et se saisit d'un des lacets qui assurent la sécurité de mes lorgnons, en cas de rupture du filet de nuit !… Le lacet craque !… Je me découvre aveugle !… Diable !… Je porte les mains à mon visage pour arrêter les lorgnons dans leur chute, puis je m'écrie sur un ton de désolation extrême :

– Mademoiselle !… Infiniment !… *Infiniment*,… vous dis-je !

Et tâtonnant dans mes ténèbres, une main plaquée contre mes précieux lorgnons… je m'enfuis sans demander mon reste !

Quand j'atteignis le dortoir, il me sembla soudain que la voix de Mlle Giscard, crissant sur mon âme, suscitait son image devant mes yeux, effrayante de netteté, proche à la toucher du doigt ; alors qu'en fait mes rétines usées, dépolies, sans leur appoint de verre, ne me livraient que le spectacle habituel : un amoncellement absurde de formes et de couleurs qui se noient les unes dans les autres dans le kaléidoscope de ma lentille oculaire ; ou bien qui se hérissent, par éclairs déchirants, enfonçant dans mon cerveau des pointes semblables aux épées de lumière qui me blessaient, dans mon enfance, loin d'ici, hors du XXe siècle, à regarder longtemps le soleil blanc des Tropiques...

Parvenue, sans encombre, à mon lit, j'ai décrété l'état d'urgence et je me suis penchée au-dessus des couvertures, afin de parer à toute erreur de manipulation (la moindre chute serait mortelle : mes « yeux » éparpillés sur le plancher du dortoir... adieu adieu soleil, etc.).

Premier temps : nous rabattons le filet de nuit derrière notre crâne de miam-miam. Deuxième temps : nous tirons les cordelettes jusqu'à la naissance de notre nuque épaisse de buveuse de sang. Troisième : nous assurons la position de l'instrument optique sur notre arête nasale, dont les ailes de canard s'écartent et frémissent à cet hommage. Enfin, quatrième et dernière station de notre voluptueux calvaire : nous renouons soigneusement, autour de notre cou élancé, pareil à une tour d'ivoire, les deux lacets dont chaque extrémité se fixe aux boucles cuivrées des lorgnons.

L'ensemble de l'appareillage, ajusté sur notre chef, compose un casque de motocycliste auquel seraient adaptées des lunettes : joie joie joie (Pascalino).

Et cependant tristesse à haute teneur, immédiatement consécutive à la joie : blattes froides grouillant dans notre arrière-gorge ; mandibules du doute. Serions-nous ridicule ?... Un peu de tenue, ma chère !... *Gardez port-d'âme a og !...* Une contenance !... Pitié !...

Sitôt dit sitôt fait : vite nous saisissons, comme autrefois (mais en tremblant)... un livre, un cahier d'enfant, un modeste crayon long comme le doigt et nous nous dirigeons, fière et droite, hautaine, vaguement souriante, vers la grande table du milieu... Ah mais !

Remarque : depuis trois mois, les livres nous sont autant de rêveries à l'intérieur du grand songe de la Vie ; nous sommes probablement, à cet égard, dans la position délicate d'un mythomane dégoûté de sa propre imagination : la simple vue du papier imprimé nous donne la nausée.

Mais l'inquiétude nous point, nous cisaille, nous écorche à la pensée du retour imminent de Mlle Giscard ; et surtout, nous baignons encore dans toutes les émotions musicales suscitées par le sauvetage *in extremis* des lorgnons...

Alors, faisant fi de notre peu d'enthousiasme, nous ouvrons, d'un air gravissime, le livre à la page sur laquelle nous l'avions refermé, au début de l'hiver…

Aussitôt, je fus prise d'effroi : les lignes d'imprimerie dansaient, se contorsionnaient, ou sombraient en des plaques noires et mouvantes… Ma vue s'était-elle encore modifiée ?… A moins ?… Soulevant les lorgnons, je constatai que leurs verres étaient imbibés d'eau. Tiens, encore un sphincter qui bat de l'aile ?… Jusqu'à ces dernières semaines, mes glandes lacrymales m'obéissaient en toutes circonstances ; et voici qu'elles se vidaient d'elles-mêmes, comme des vessies de pisseuses… Incontinence de larmes ?… J'ai ri, essuyé les verres souillés ; puis me suis penchée sur les pages du livre ouvert, attentive à ne donner aucune prise aux multiples regards que je savais fixés sur moi, plus craintifs qu'hostiles, et plus admiratifs, secrètement, du « bon tour » joué à Mlle Giscard, que réprobateurs…

Mais je ne pus lire longtemps ; quelque chose me gênait dans cet harnachement de liseuse : un peu comme un nouveau dentier, qui vous rend la nourriture étrangère… Et puis je me suis vue soudain, devant la longue table du dortoir, moi, vieille négresse à cheveux blancs moutonnant comme une perruque de marquise ; ce qui mettait, pensai-je avec dérision, une note supplémentaire de carnaval dans ma vie. Je vis cette lourde canne à mon côté : membre surnuméraire. Et je me représentai les vieux lorgnons de fer noir surmontant cet os mince d'où les narines s'écartent brusquement, tels de lourds pétales…

Prise d'un rire intérieur, je saisis le cahier d'écolier sur lequel je trace, en cet instant précis du songe de ma vie,… des mots sans but, sans poids, sans témoin appréciable, des mots pareils à des bulles de savon qu'envoie au ciel un enfant solitaire ; et, sur la première page de ce cahier, je dessinai avec application ma silhouette avec filet de nuit et simili lunettes. Je me trouvai très ressemblante ainsi. Nulle photo ne m'avait saisie aussi fidèlement. Néanmoins, après le recul d'une minute, j'estimai que manquaient certaines touches d'intérieur qui feraient ressortir avantageusement tout le grotesque de cet insecte à binocles. Manquaient les lignes géométriques de la ruche ; les alvéoles constitués par les lits ; et toutes ces larves allongées, ou saisies d'une agitation spasmodique, incontrôlée, source de heurts et de cris. Manquaient des échantillons de toilettes, de coiffures, de têtes dont les plus sereines et les mieux conservées ont un air de folie, entraînées qu'elles sont dans le courant général de nos mœurs et de nos idées. Manquaient telle jambe serrée contre l'os. Tel cou de marionnette à ressort. Tel goitre. Tel œil dément, grand comme la page, où seraient dessinées chacune des étapes d'un calvaire auprès duquel la modeste aventure de Jésus prête à commentaires attendris : toutes leurs terreurs, toutes leurs impuissances et tous leurs deuils, et vous les chères humiliations qui montez en rangs de fourmis le long de nos carcasses desséchées ; et vous les avortements, honteux, secrets, plus horribles que mille Croix sur la tête d'un seul – n'avez-vous pas une petite place sur le dessin de la chambrée ?

Néanmoins, compte tenu de ces restrictions, je ne fus pas trop mécontente de mon œuvre. J'en ressentis même une sorte de contentement, comme si je venais d'avoir une conversation avec un être humain ; et, de temps en temps, comme par vice, je palpais secrètement la feuille de siguine que j'avais glissée dans la manche de mon gilet de laine ; puis, soulevant de l'autre main les lorgnons sur mon front – où la tension du filet les maintenait plaqués –, je jouissais alors de mes yeux nus, presque aveugles, qui me découvraient en toutes choses leur envers fluide, hésitant, incertain, pareil au monde que je percevais dans mon enfance, les yeux exorbités dans le fond de la rivière à Goyaves qui coulait *en bas case à moman moin même...*

J'ai entendu un gloucloutement en provenance de la droite : ma voisine, la Sidrelle, en proie à une crise ? Mais non, elle bavardait tranquillement avec son amie verte, lui chuchotant les mille secrets ordinaires en établissant, de la main, un paravent entre sa bouche et les feuilles extrêmes du haricot (lesquelles, en son esprit sublimé par la poésie du grand âge, figurent sans doute les oreilles, ou, dans un sens plus vague, le siège de la pensée).

Chevauchant mon lit du regard, j'ai vu que le gloucloutement provenait en réalité de Mme Peuchemard, dont les couvertures se soulevaient, s'abaissaient alternativement sous le mouvement de pédalier de la Douairière. Et, dans le même temps qu'elle agitait ainsi ses genoux, Mme Peuchemard lançait, contre le lieu approximatif de son estomac, ses deux mains arquées à la façon de dents multiples de chirurgie – comme pour en extirper cette douleur mystérieuse, de l'âme et du corps, qu'elle dénomme son ulcère.

A chaque fois, ses ongles tenaillaient la chemise de nuit rose bonbon, partiellement découverte ; et elle poussait un petit cri – sorte de caquet lugubre – tandis que les croûtes et les escarres, à la longue constituées autour de son nombril, saignaient et rougissaient davantage la région centrale de sa chemise de nuit.

Derechef, je fus surprise de voir combien le sort de mes deux voisines immédiates me concernait, suscitant en moi une pitié vigilante; tandis que j'étais devenue à peu près indifférente aux misères analogues qui affectent les lits plus lointains, par ordre décroissant; comme si le reste, le maigre rogaton de sensibilité qui hante mon système cérébrospinal, ne vibrait plus qu'aux impressions fortes suscitées par la proximité.

Au fond, décrétai-je soudain, je n'étais pas véritablement touchée par la mésaventure de Mlle Giscard, qui habite la rangée d'en face, à une dizaine de lits du mien...

Et quand elle est revenue de son cloaque, longeant la table de sa haute taille (quoique le dos un peu courbe, me sembla-t-il), je constatai avec satisfaction que son drame personnel ne m'affectait plus outre mesure: inondations dans les Pouilles; tremblement de terre à Pimlico; débordement, somme toute imaginaire, du lac Titicaca.

(Remarque: Ordure me hante jusque dans la moindre de mes pensées: deux ans de Trou sont sans remède: *ordure aimons, ordure nous assuit. I want to die.*)

Reprenons: je dis reprenons.

Il y eut des interventions plaisantes, surtout en provenance de celles qui font usage de leur pot: «Alors la Gisque, 'paraît que tu viens de nous chier une belle pendule ?… Un rosaire ?… Non, pisque j' vous dis qu' c'est la Déclaration des Droits de l'Homme !…» etc.

Mais la pauvre fille semblait s'être de nouveau sanglée – à mort cette fois : jusqu'à l'étouffement – dans le corset un instant détendu de sa dignité ; lentement elle retraversait le dortoir, son avant-bras droit légèrement soulevé, et supportant – comme une main cassée à hauteur de poignet – la gerbe pendante et admirable de ses longs doigts pédonculés d'institutrice…

Et peu à peu, devant son air lointain, pensif, désincarné, l'effervescence suscitée par sa réapparition s'estompa.

– Magnifique !… s'écria soudain une voix, en provenance du groupe des atomiseuses.

Il y eut même quelques applaudissements, je crois, entremêlés aux lazzi qui se mouraient ; cependant que Mlle Giscard, le torse raide, s'asseyait sur le bord de son lit sans une larme visible dans ses tendres et implorants yeux invaincus : mon Dieu !

Au reste, très bientôt, sa présence insolite n'intéressa plus guère ces dames et je me permis d'amener la feuille de siguine sur le bois de la table, en prenant soin de la masquer aux regards, de ma main étale, que je soulevai, par instants, pour voir la merveille… Sœur Marie des Anges était passée avec la ration horaire du poêle, et, illusion ?… une vague impression de chaleur engourdissait mes membres – dont me parvenaient des sortes de picotements, de pulsations, de vibrations et de caresses parfois aiguës que je ravivais en soulevant ma main sur le spectacle fugitif de la feuille de siguine. Je me trouvai bientôt dans un état comateux. Le brouhaha du dortoir, s'écoulant sirupeusement dans mes oreilles : clameur immense et dérisoire comme le bruit de la mer dans un coquillage. Mais au fait, les coquillages enferment-ils autre chose que le néant ?... Ah, briser en mille morceaux les conques marines, Murex, Tritons, Vénusiens ; réduire en cendres tous ces substituts insultants de la Vie, afin de bien mettre en évidence la consistance calcaire de la supercherie !... Et ce tas de gravats que constitue secrètement l'asile, dites-moi, madame Marie, qui donc un jour imaginera les centaines de vieillards qui, vague par vague, venaient déverser un peu de bave et d'écume sur ses pierres, avec la conviction que, si vermoulues qu'elles fussent, elles renfermaient tout de même, en quelque façon, la rumeur grave et fascinante de la Vie ?...

Chose singulière, advint alors que plus je remuais dans ma tête cette comparaison de l'asile avec un coquillage – dont nous serions nous-mêmes, quoique de chair et d'os, apparemment... l'écho illusoire qu'il renferme en ses parois – et plus les picotements, les pulsations, les vibrations et les caresses internes que j'avais attribuées à l'engourdissement de la chaleur se multipliaient, en moi, à la façon de cris muets larvaires... droit venus de mes jambes, des mâchoires, du fouillis visqueux de mon ventre,... de toute la substance ténébreuse des os et des lymphes !... Et c'étaient les cris comme des passions aveugles, qui se forent lentement leur chemin dans l'être, sans qu'on puisse deviner, par avance, la forme de l'animal qui débouchera soudain en surface : le museau encore plein de terre !... Et parfois des éclats de voix anciens, tel coin de ciel, le goût violent d'un fruit surgissaient à ma conscience, non pas, véritablement, comme de pures images du passé ; mais plutôt à la manière dont resurgissent brusquement des douleurs d'âme oubliées, sans racines visibles et sans frondaisons – flèches venues de nulle part – éblouissants et fugaces météores du cœur…

Pourtant je me savais de nouveau en Martinique, à cette qualité indicible mais reconnaissable entre toutes, à cette présence d'un monde ancien qui grouille soudain en nous, ainsi qu'un million de vers dans la dépouille du présent. Et les yeux fermés de plaisir, de douleur, je caressais aveuglément la feuille de siguine qui reposait, toujours vivante, sur la table ; et qui me répondait, par instants, en émettant un léger crépitement électrique, comme venu d'une substance magnétisante…

Même, une paillette lumineuse naquit, au bout du filament sensible de mes doigts ; puis la surface rosie d'un crâne, avec les rares crins blancs pareils à du duvet ; et puis un profil un peu léonin, dont l'énorme lippe africaine, semblait, à elle seule, maintenir le court tuyau de pipe en équilibre, tel un mégot…

Alors sentant l'hallucination proche, à portée de désir, je hélai doucement l'ombre :

– Man Louise, pas possible… serait-ce donc toi, petite souris ?…

Une traînée luisante est sortie des narines de grand-mère, semblable, sur le fond sombre de sa peau, à la coulée de sève sur l'écorce blessée du résinier – oui, c'est ainsi que Man Louise pleurait depuis que ses yeux n'avaient plus de larmes ; et ce fut à nouveau dans l'air sa voix grêle, qui charrie des paroles obscures, brindilles mortes – avec le même tremblement soumis qui ne l'avait jamais quittée de son vivant,… sauf les dernières semaines, quand son irritation devant le nouvel ordre du monde, quand son effroi de voir se confirmer notre liberté (quoique l'esclavage fût officiellement aboli depuis près de quarante ans) avaient pris la forme de petits clins d'œil amers, de petits coups de langue, de pauvres petites façons tyranniques par lesquelles grand-mère essayait, une ultime fois, de nous imposer sa conception des hiérarchies d'ici-bas et d'en haut ; de nous enfoncer dans la bouche, comme à des communiantes, l'hostie de la soumission spirituelle aux Blancs !

… De ma canne, j'ai donné un coup sec sur le plancher du dortoir ; et Man Louise, effrayée, sa paume rose en avant, a porté une main contre son visage cependant qu'un filet de voix incompréhensible s'écoulait de ses lèvres… de sa lippe humide, affaissée… Et c'était toujours le même geste craintif contre lequel je luttais de toutes mes forces, depuis tout à l'heure, dans les water, essayant d'abaisser son bras pour lui faire découvrir mes intentions pacifiques ; tandis que l'écho illusoire, contenu dans mon crâne (rumeur minuscule de coquillage à l'intérieur de la grande rumeur collective de l'asile) répétait inlassablement à l'intention des oreilles cachées de grand-mère (ou plutôt, à peine discernables au bout de mes doigts : microscopiques) : « Mais je ne songe pas à te frapper, Man Louise ; et quoique j'aye un jour craché sur ta tombe, je demande à Not' Seigneur qu'y me transforme en un chien-sans-pattes, – *illico subito presto*, m'entends-tu ?... qu'y me transforme en plaie nue !... en grimaces d'agonie !... si jamais j'ai sérieusement rêvé de porter la main sur toi, ô ma très chère ! »

Puis, afin de la rassurer complètement ; afin de calmer, en elle, la vieille bête à coups, j'ai exhalé en un léger râle de sanglots :

– Parce que comment veux-tu ça, que je te refile des couu... (me reprenant aussitôt) des *histoires* de canne, ô petite bonne maman que j'aime à la folie d'Espagne ?... Mais comment veux-tu ça, ô petite graine de pistache ?... Pain doux sucré ?... Pâté coco ?... Kili-bibi ?...

Et pour finir, achevant de perdre la face devant elle :

– ... Quand même que je soye rien de plus, à tes yeux, qu'un satané bilieux cafard jaune,... *quand même*...

Mais subitement – étaient-ce toutes ces visions de la Maudicité du sang ? – j'ai compris que grand-mère, au bout de mes doigts, cherchait à se protéger non pas de moi mais d'elle-même... Attendant, non pas mes coups de canne, mais les coups de fouet qu'elle croyait recevoir au matin de sa mort, quand le délire l'avait saisie au milieu d'une phrase anodine et qu'elle s'était mise subitement à revivre toutes les terreurs passées de sa vie ; à commencer... par la sainte terreur du fouet qui la jetait en arrière, dans sa berceuse, de ses deux bras se bouchant les yeux tandis que ses mains recouvraient les oreilles, qu'elle avait toujours eues si sensibles, ô Man Louise !... Attendant non oh non pas mes coups de canne mais les voltes et virevoltes du fouet qui cinglaient encore son esprit, au matin de sa mort ; cependant que s'écriait, d'une frêle voix qui avait subitement rajeuni de quatre-vingts ans : Pardon maîtresse, je suis votre main, je suis votre pied, je suis la poussière sous vos pas !

Et j'ai revu Moman (seulement sa silhouette, hélas) et tante Cydalise qui se précipitaient vers grand-mère tandis que nous autres, les petits Mondes, nous nous éloignions à distance respectueuse de la moribonde qui gigotait, en tous sens ; et qui se jetait d'un côté ou de l'autre, hagarde, – selon que le fouet l'atteignait ; et qui poussait d'étranges gémissements contenus où se voyait, en filigrane, la crainte d'affecter désagréablement les oreilles de cette madame de Grosignan !

Et puis brusquement je l'ai revue la vieille esclave « d'eau douce », comme je la revois en cette minute que la nuit approche et que suis toujours assise au même coin de la même table (mais c'était avant-hier) ; je l'ai revue qui lançait les deux bras en avant (ce qui nous a découvert son visage convulsé de douleur, aux yeux singulièrement calmes et attentifs : *scrutateurs*), dans le même temps qu'elle chutait du haut de la berceuse, sur

71

ses genoux… sa jupe soulevée dévoilant le bas de sa nudité !

Et qui se saisissait d'une jambe de Moman, la baisant avec fureur, emportement… et descendant jusqu'aux doigts de pieds nus qu'elle léchait à grands coups de langue avides… comme… un chat ?… comme… on l'avait vue faire au lendemain du cyclone, avec les pieds usés de l'aimable petite Vierge aux Trois-Chemins !

Et ses yeux aveugles qui projetaient les dernières larmes de son corps !… Et elle qui s'écriait, – entre deux lèchements, quasi voluptueux ; elle qui s'écriait, d'une voix suraiguë de femme à qui l'on arrache ses petits : « Oh par la grâce de Dieu, ne m'enlevez pas ce deuxième fils… n'allez pas le vendre à M. de Saint-Jamez… laissez-le-moi, laissez-le-moi… ou vendez-le à quelqu'un de plus chrétien que M. de Saint-Jamez… sauf votre respect, maîtresse, sauf votre *grande* respect… il cloue trop d'oreilles, vous le savez… trop d'oreilles… »

Et tante Cydalise… suffit.

Cependant que Moman, immobilisée d'effroi, la face grisâtre, contemplait avec de grands yeux le spectacle de Man Louise accrochée à sa jambe et couvrant ses pieds poussiéreux de baisers d'esclave !…

(A propos d'hier, ne jamais plus lâcher les rênes des chevaux : me souvenir qu'à chaque pas nous frôlons le précipice, eux et moi. Résultat : ma raison de nouveau à terre, comme en septembre.)

Cahier 3

Quand la cloche a sonné je me trouvais toujours sur les hauteurs du morne Pichevin ; et, de mes narines béantes dans la nuit des temps anciens, j'aspirais (en reniflant à petits coups pénétrants, comme faisait Man Louise en s'envoyant une prise dans le bec) la folle odeur montant du pied de réséda et aussi le parfum – véritable feu d'artifice des sens – qui tournoyait continûment autour des deux ou trois *belles mexicaines* qui dressaient au bord du sentier, à hauteur d'enfant, leurs bouquets fuselés de fleurs neigeuses, diaphanes, semblables, disait Moman, à de la belle dentelle blanche repassée et amidonnée.

Mais, étant de corvée, je ne pouvais prétexter un malaise de dernière minute. Alors j'ai clopiné, descendu des marches ; me suis assise sur le banc dans un rêve convulsif.

Un cafard nageait dans la soupière ; soulevant le couvercle, le « légionnaire » a découvert l'animal évoluant gracieusement parmi les débris de betteraves et de potirons.

Tandis que tous les pensionnaires clamaient leur indignation, j'ai cru voir Mme Duchatel, lit n° 43, dite la Marquise des Gogues, refréner un fou rire en portant une main à sa bouche. Mais, toujours silencieuse et efficace, sœur Marie des Anges venait de surprendre le manège de la folle et pointait vers elle un index accusateur. J'ai tout à coup ressenti un sentiment de solitude tel que je me suis mise à haleter, la bouche pendante.

Après cela, j'ai essayé de manger la soupe avec ma fourchette. Je voyais la soupe et reconnaissais la fourchette, mais sans qu'il y eût incompatibilité entre ces deux éléments de mon univers : allongeant chaque fois la trajectoire de l'instrument dans mon assiette, je m'étonnais de n'en ramener que si peu de liquide sur ma langue. Et puis il y eut une sorte de grand bourdonnement sans cloche et je crus comprendre qu'on riait de moi sur les bancs voisins.

– Elle y vient !

– Qu'est-ce que je te disais ?

– Non, je vous assure, c'est vraiment trop drôle : on dirait ces trucs de cinéma, juste après la Grande Guerre…

Alors il y eut cette fourchette au bout de ma main, dans la position accueillante d'une cuiller ; et cette assiette encore pleine de soupe, alors qu'on déposait déjà les premières marmites de légumineuses à l'extrémité des tablées. Je connus ainsi mon état prononcé de gâtisme. A gaga a gaga !

Pleine d'amertume, je songeai que celles mêmes qui arrivaient *entières* à l'asile bientôt se désagrégeaient : comme si l'air ambiant recelait un virus qui s'attaquait aux articulations mêmes de nos gestes, devenus sottes manies ; vidait la sève de nos visages pour en transformer les expressions en des tics ; et, creusant dans la moelle vénérable de notre humanité, faisait de chacun de nos souvenirs un insecte en état d'obsession perpétuelle, et des plus nobles élans du cœur – des sautillements immuables de jouet mécanique ! A gaga ?

… Ainsi donc, mon esprit s'en allait maintenant par morceaux, à la dérive, telle une racine entraînée par les eaux… Demain j'oublierais peut-être l'usage de certains mots, comme Mme Heyrel qui parfois remuait la bouche sans qu'il en sortît un son,… cependant que de ses petits yeux plissés elle semblait distiller le sens des paroles que ses lèvres ne prononçaient pas… Et si, un beau matin, essayant les binocles, je constatais qu'ils ne m'étaient plus d'aucun usage, comme il advint avec les lunettes qu'avais à mon entrée dans le Trou (… une ou deux dioptries de moins : tous les soleils s'éteignent) ?… Et si subitement les mots de ma langue maternelle me quittaient, comme ils avaient fait tout à l'heure, tandis que me souvenais involontairement de Man Louise *en français de France ?*… Cette langue que je ne parlais plus ne risquait-elle de m'oublier, complètement devenue qu'elle était… une sorte d'animal… un chat familier de mon cerveau… génie du lieu qui ne se souciait plus de mon accord pour entrer en transes ?… Et d'ailleurs n'en était-il pas de même de ma jambe droite, transmuée de la hanche aux extrémités en une bête maussade qui ne m'obéissait plus qu'à demi, sorte de parasite envahissant et cruel ?… Et ce grouillement sourd et incessant de mes entrailles, tel celui d'une rivière souterraine qui roule capricieusement sous ma peau ?… Et mes pensées les plus intimes, tombant par surprise de ma personne, avec un bruit sec de branches mortes que le vent fustige… ô brindilles de mon esprit emportées ne sais où, sur ne sais quelles eaux sans retour ?… N'est-ce donc pas assez de la mort et nous faut-il agoniser dent à dent, membre par membre, et jusque dans chacun des organes de l'intelligence et du cœur?… Ah, autrefois croyais qu'un pan se détachait de moi à la séparation d'avec les êtres et les choses; mais aussitôt de nouveaux murs s'élevaient, colmatant les brèches: de nouveaux visages, de nouvelles maisons occupaient les ruines que le temps suscite avec la même diligence aveugle qu'il met à recréer l'illusion de la Vie… Mais aujourd'hui, c'était non plus un pan de vie mais véritablement une des fondations de mon être qui s'écroulait!… A gaga?… voire. A gaga?… c'est oracle. A gaga?… nous y sommes: cinq doigts de métal… recroquevillés sur le vide!

J'étais de «chariot» et celles de la cuisine ont crié à plusieurs reprises, de leur guichet, à cause de l'eau de vaisselle qui se refroidissait dans les bacs. Mais je ne me pressais pas trop, attentive à un faux mouvement qui m'eût précipitée sur les dalles, dans un fracas d'assiettes souillées.

Quand j'eus poussé le dernier chariot de vaisselle, je me suis assise sur le coffre à pain. Étaient-ce les cris de l'aube, le temps de neige, le verre de vin de M. Moreau, ou tel autre «événement» de la matinée ?... mais je sentais ma hanche comme un grand quartier de viande grouillant de vers qui s'insinuaient doucement dans le reste de mon corps. J'étais pourtant bien tranquille sur le coffre à pain, qui est sans doute le meilleur endroit de tout l'asile : situé à mi-chemin de la cuisine et du poêle du réfectoire, il y règne une douce pénombre due au renfoncement de la muraille sous l'escalier de pierre. C'est ma place : mon refuge ici-bas.

Rebutés par la neige fondue, de nombreux pensionnaires s'amassaient autour du poêle, sur des bancs rapprochés pour la circonstance.

Et à la table voisine se jouait le traditionnel domino d'amour, avec M. Moreau et le Huit du palier, ainsi que ce nouveau à la houpette si bien peignée qui fait à

Mme Jarnoux une cour élégante, saupoudrée d'anec-
dotes grivoises, de baise-mains jolis et de gloussements
qui font luire, soudain, au-dessus du masque osseux de
ses traits, un petit œil rond et effaré de coq.

Des femmes s'empressaient autour de la joute amou-
reuse, soulignant les coups d'allusions obscènes ou
sentimentales. Mais les quatre visages étaient autant
d'aveux et, vaguement écœurée par la comédie, je
tournai mes regards vers le groupe du poêle qui semblait avoir, chose rarissime, une conversation suivie.

– … Moi, fit soudain une voix d'homme, j'aurais
voulu devenir un homme…

Un timbre de vieille résonna aigrement, tel un grelot :

– Les moutons, est-ce qu'y-z'essayent de d'venir…
de *vrais* moutons ?…

– Et alors ?

– Et alors un homme, c'est ce que tu es : Popaul, je
dis… Hi !

Il y eut des rires puis une troisième voix, plus grave :

– Et moi, je ne comprends pas comment j'en suis
arrivé là : sur le point de mourir et n'ayant pas vécu…

Il m'est toujours pénible de les écouter parler, les uns
comprimant leurs ulcères et les autres laissant couler
d'elles-mêmes les humeurs nauséabondes accumulées
au cours d'une trop longue vie ; et cependant, je me
sentais si bien sur mon coffre à pain, amollie par la
chaleur, soufflant et ronronnant comme une chatte à
trois fiels, que j'ai penché la tête pour attraper les
paroles qui sortaient de leurs bouches comme autant
de poussiéreux oiseaux de nuit qui s'extirpent mal-
adroitement de la fissure d'un mur, quand vient le soir
définitif…

Ce fut, d'abord, la litanie sempiternelle des regrets :
voix sanglotante de ceux qui auraient dû, en telle

circonstance, saisir tel cheveu, accomplir tel acte qui aurait *tout* changé : un métier, une femme, un ami ou un enfant sauvés et avec eux indubitablement le sens de la vie.

Puis il y eut à nouveau ceux qui ne regrettaient rien : ils avaient fait « tout leur maximum » et pourtant, concluaient-ils, eux aussi, dans un indicible étonnement, ça n'avait pas non plus été une vie.

Et il y eut à nouveau la voix aigre de la femme qui avait parlé des moutons : « Moi, disait-elle calmement, j'ai fait mon temps, oui, sans me vanter : mon plein de vrai jus que j'ai fait avant le grand voyage, et même (… sa voix se cassa), je peux dire qu'en un sens j'ai trop vécu ; parce que c'est un peu rigolo, pour moi, de finir comme ça, dans une boîte à ordures, entassée avec toutes ces pisseuses ! »

A ces derniers mots, et leur accent de haine, je reconnus l'être étrange qui nous est arrivé la semaine dernière, déguisé en homme, avec trois cheveux gris taillés en brosse et ce visage dur et net sous les yeux à facettes métalliques. L'un des gendarmes qui la traînaient dans le dortoir portait une estafilade sur la joue ; et trois religieuses s'unirent à sœur des Anges pour passer une jupe à la Furie, comme elles disaient. Mais il lui fallut bien rester avec nous, au moins pour la durée de l'hiver ; car son arthrite la coupe en deux et les locataires de son immeuble ne *supportaient* plus de la voir monter les étages à quatre pattes, l'anse de son pot à lait entre les dents.

Cependant la conversation, un instant arrêtée par l'intervention de la « Gouine », repartait sur le dernier thème à la mode : la métempsycose, qui flatte autant les croyants qu'elle réveille de nostalgie chez les pensionnaires qui en ont fini avec la Dieusaille.

M. Ouvrard, que l'hiver recroqueville de jour en jour, déclara que ce serait pour lui le plus terrible destin, car il ne s'en sortirait pas mieux dans une nouvelle existence. Même, précisa-t-il en souriant, ce serait sans doute pire ; car il renaîtrait rat ou cafard, s'il en jugeait par son dernier séjour terrestre. *Ils m'ont tout raplati, hi, hi, hi !*

– Eh bien, fit la voix de l'homme qui voulait devenir un homme ; eh bien moi, au moins, ils n'ont pas pu me raplatir ; je l'étais déjà : tout plat. *Et alors ?* conclut-il sur un ton subit de défi.

Ainsi chacun y allait de sa petite hypothèse, montant ou redescendant l'échelle des créatures, quand soudain la « Gouine » intervint de nouveau mais avec, cette fois, une sorte de douceur poignante qui faisait froid dans le dos :

– Moi, fit-elle, j'espère bien qu'il n'y a rien : ni Bon Dieu, ni métem-je-ne-sais-pas-quoi : rien, rien, rien.

Et comme les autres autour du poêle se taisaient, elle reprit avec tristesse :

– Parce que voilà, je me suis assez vue : je suis fatiguée de moi-même…

Il y eut un vent de panique. La conversation tomba, soufflée par la remarque terrible de la « Gouine ». Et même ceux qui avaient invoqué la Promesse courbaient la tête, comme si, sans trop se l'avouer, eux non plus ne tenaient pas à se retrouver dans un autre monde – fût-ce en chapeau claque au coin d'une rue du purgatoire, ou en tenue d'oiseau de paradis.

– Ils devraient nous piquer, fit une voix d'homme après un long moment de silence.

– Non… oh ! non…

– Moi, je serais plutôt partisan de l'Étouffade !

– Quoi ?

– Tu ne sais donc rien de rien, mon pauvre Jeannot…'
Paraît que c'est en Irlande : quand le moment est venu,
y nous mettent sous un matelas et toute la famille s'as-
soit dessus, mangeant et buvant…

– Ah nom de Dieu ! Pas mal, pas mal, pas mal du
tout !

– Ha ! ha ! quels farceurs, ces Irlandais, *quand
même…*

– En tous cas, c'est bien trouvé ; et puis l'Étouffade,
hein ?… hé ! hé !

– N'en faites rien, Seigneur !… oh ! non…

– Celle-là…

– Oui, quand est-ce qu'elle nous fichera la paix ?

– Vous la connaissez, l'histoire des amants de La
Rochelle ?

– La piqûre, je vous dis : comme les fridolins.

– Laquelle, d'histoire ?

– On dira ce qu'on voudra, mais ça vaut mieux que
d'être mangée par ses chats… Ma copine, huit jours
après, les voisins sentent une odeur, et…

– Amants, heureux amants !

– A La Rochelle, que vous dites ?

– A La Rochelle, oui… Et même que je l'ai lu dans
le *France-Soir* d'hier midi…

– Tu lis donc encore, toi ?

– La paix, la paix, la paix, la paix !

– … deux comme nous, qui se trouvent devant une
augmentation de loyer… mais deux *respectables* –
vous voyez ce que je veux dire ?… Alors ils se mettent
en habit du dimanche, descendent au restaurant du
coin ; s'empiffrent jusqu'au dernier sou. On s'étonne…

Disent qu'y-z-ont touché un héritage : s'essuient la gueule. Te vous sortent du restaurant bras dessus, bras dessous, fiers comme deux jeunes mariés de la veille. Elle encore tous ses cheveux et lui une barbe « de neige » que dit le journaliste. Et merde alors, les voilà qui se dirigent maintenant vers la jetée ; descendent l'escalier (comme c'est marée basse, personne qui s'en soucie) ; et toujours bras dessus bras dessous nos deux lascars s'éloignent tranquillement… Voilà, voilà… *Et la mer qui les a rejetés sur la grève n'a pas pu les séparer,* hi, hi… bras et jambes emmêlés…

– Ah mais dites donc, messieurs, voilà ce qui m'aurait plu, avec ma femme… entrer dans la mer…

– … mieux que les chats !

– Ouiche !

– … comme pour les youpins : une piqûre et hop !

– Et celles qui ont de la religion ?

– … une simple piqûre, je vous dis…

– Ah non, c'est pas des choses à parler, même histoire de déconner : positivement parlant.

– Mais ton installation de piqûres…

– Eh bien ?

– … que ça leur coûterait un peu trop cher, à eux-z-autres ?

– Oh ! non… oh ! non…

– Alors tu vas la fermer, Biquette ?

– Oh ! *noooon !…*

Ces derniers cris m'ont fait tressaillir et je me suis rendu compte que je gardais les yeux clos depuis un certain temps, engourdie par le chœur impersonnel des voix qui s'élevaient autour du poêle, sans que je me soucie de leur attribuer une identité.

Me penchant un peu en avant, appuyée des deux mains sur le bec de ma canne, j'ai distingué la silhouette de «Biquette» qui filait vers l'escalier en poussant les «Oh! non…» stridents dont elle est coutumière.

J'ai pensé un instant à la suivre; mais elle me regarderait d'un air effrayé, sans que nul mot ne traverse la carapace invisible dont elle s'entoure. Lui prendre la main, peut-être?… Elle la retirerait comme à l'ordinaire, traversée d'une brûlure soudaine; et ses petits yeux cristallins de cobaye se blesseraient sur ma peau noire, y trouvant la confirmation de cet univers peuplé de démons qui est le sien, depuis…?

Il y eut un craquement sur le palier et mon cou rentra dans mes épaules. Était-elle en train de se précipiter contre le mur, le crâne en avant, comme le jour où Mme Peuchemard a remarqué d'un ton désinvolte, considérant le nombre de «juéfs» qui sont encore en vie: «A ce qu'il semble, leurs crématoires c'étaient des couveuses?…» Plutôt je l'imaginais assise sur son lit, la manche gauche retroussée, et piquotant jusqu'au sang, à coups d'épingles serrés, les chiffres étrangement constitués de croûtes et d'encre séchée qui se lisent sur la peau de son avant-bras… Elle n'est pourtant pas allée en camp de concentration. On ne sait même pas si elle est véritablement de confession israélite – ce que sa carte d'identité, au nom de Louise Duployé, ne précise guère. Et bien qu'elle soit tant soit peu ramollie du cerveau, rien dans son comportement sénile ne la trahit: nulle expression étrangère, de jour ou de nuit, nulle bénédiction, nul soupir à la messe. – Elle est demeurée telle qu'en elle-même l'asile surpeuplé de Charenton nous l'a adressée: monomaniaque solitaire, ne s'exprimant que par les *oh! non…* criards dont elle nous déchire les tympans ; picotant laborieusement le matricule fictif de son avant-bras ; et se jetant de toutes ses forces contre les murs, la tête en avant, chaque fois que le mot de Juif est prononcé d'une manière qui heurte en elle quelque souvenir enfoui dans la démence, ou quelque fantasme à jamais prisonnier de ses doux petits yeux ronds de cobaye mélancolique – toujours humides et souriants, me semble-t-il.

– … Elle a dû aller se toxer le front, fit remarquer M. Moreau qui se rapprochait du poêle, abandonnant les belles à leurs dominos épars sur la longue table du réfectoire.

Mais tous demeuraient silencieux, attentifs seulement à quelque signe en provenance de l'étage supérieur ; et comme rien ne venait, le vieux Léonard poussa un soupir de regret et murmura, les yeux exorbités de rêve :

– C'est pas que je veuille vous turlupiner… Mais elle est pas si idiote qu'on croit, mon histoire de piqûres… à condition qu'ils nous donnent d'abord nos huit jours, vous comprenez ?

Déjà les questions pleuvaient de toutes parts, curieuses, apeurées, indulgentes, ou tout simplement empreintes de cette indifférence généralisée – véritable cancer de l'esprit –, qui nous fait nous précipiter comme des oiseaux de basse-cour sur tout ce qui traverse le champ de notre enclos.

Mais triturant les rares poils de sa barbe, qui lui font un menton indécent de vieil Annamite, M. Léonard se crispa soudain en un fou rire qui faisait craquer ses membres comme de vieux sarments de vigne ; palpiter sa langue par-dessus la lèvre inférieure, à la recherche d'une respiration qui peut-être ne reviendrait plus ;

et enfin, d'étonnement, dilatait ses yeux comme des ronds d'huile chaude, crépitante.

Se reprenant enfin :

– Eh bien voilà : faites un vœu, honorable vieillard ; mais pas plus de huit jours. Et les vacances finies, on se présente au guichet pour la piqûre. Pif, paf ; rasibus.

Visiblement mécontente, la Jeanne se leva et s'éloigna du groupe, maugréant à voix blanche : « Non, non, y en a des qui exagèrent ; c'est pas des choses à dire, même histoire de déconner : positivement disant… » Les autres vieilles se taisaient, épouvantées, craignant par une parole de donner chair à une fantaisie qui pouvait bien leur venir, aussi… à ceux du dehors. (D'autant que, depuis plusieurs semaines, un bruit étrange s'est répandu dans l'hospice, selon lequel les infirmiers et les Bonnes Sœurs des hôpitaux auraient maintenant la consigne secrète de nous *expédier* le plus discrètement possible, pour dégager les salles engorgées par l'excès de vieillards…)

Cependant, à l'encontre des femmes, les quelques vieillards du poêle semblaient tout excités par l'idée de M. Léonard ; et déjà certains optaient pour la Côte d'Azur, la montagne, quelque rêve exotique, tandis que le promoteur, tout heureux de son succès, expliquait gravement qu'il souhaitait d'avoir un smoking, un chapeau melon « en feutre Windsor », et huit jours de pension à l'hôtel Weshler où vingt ans durant il avait servi comme liftier. « Et croyez-moi que je saurais me faire respecter de la bleusaille !… Je te les ferais trotter à la baguette, ceux des Étages aussi bien que ceux des Tables : pif, paf, garçon !… votre steak béarnaise manque de ressort !… Aïe, aïe, aïe… »

Soudain le Vingt-quatre du B, celui qui s'estime plat

comme une punaise depuis la naissance, intervint timidement :

– Et dans tout ça qu'est-ce qu'y deviennent, ceux qui
ne veulent pas… *savoir ?*

– Savoir quoi ?

– Eh bien la date… qu'on part ? fit la punaise.

Un peu vexé, le vieux Léonard le reprit vertement :

– Ceux-là, monsieur, on les emmerde !

Les paroles grasses détendent toujours l'atmosphère.
Un instant désarçonnés, les vieux enfourchèrent de
plus belle l'idée des huit jours de bonheur, qui semblait faire courir, sur leurs joues moroses, le vent frais
d'une course à bicyclette.

Chacun y allait maintenant de sa proposition : réfléchissant d'abord longuement, puis exprimant d'un air
sérieux, gravissime, ce qu'il ou elle venait de *décider*.

Seule Mme Bitard, dont j'aperçus soudain le profil,
entre deux vareuses masculines, déclara qu'elle n'avait
aucun souhait à formuler. Et comme on la pressait de
questions, elle expliqua, sur un ton d'excuses, qu'elle
ne pouvait pas savoir… n'ayant pour ainsi dire pas eu
vingt-quatre heures dans sa vie – sauf quelques bons
moments dans l'hospice. Enfin, d'une voix flûtée de
gamine, elle avoua qu'elle rêvait à l'occasion d'une
promenade en bateau-mouche sur la Seine, avec des
lanternes chinoises le long des rambardes, comme on
faisait… il y a cinquante ans…

A ce moment, un peu grisée par la belle évocation de Mᵐᵉ Bitard, il se produisit un déclic et je me raidis sur le coffre à pain, mobilisant toutes mes forces contre le vieil ennemi intime. Mais quoi… plus je combattais, repoussant la petite idée traîtresse des huit jours de bonheur, et plus j'entendais le clapotis en moi d'un certain ruisseau d'eau claire, descendu droit de la montagne, et dont les bords sont ombragés de Z'icaques, de pomme-roses, de fougères arborescentes, de lianes roides et vibrantes comme des tuyaux d'orgues, et de siguines luisantes dans l'éternel crépuscule des Grands-Fonds, et dont les branches plongeaient, parfois, dans le courant rapide, avec un roulis de chevelure courte de négresse…

Sur le point d'être vaincue, j'ai suscité la vision drolatique d'un petit poisson noir à la nageoire brisée, perdu dans un coin du bocal terrestre, dans l'ombre de Paris, sur un grand coffre à pain d'hospice, et se déchirant lui-même, – suspendu à l'hameçon d'une quelconque rêverie sans but et sans contenu appréciable… Et j'ai vu clairement le ridicule achevé de la chose. Et je me suis dit à moi-même, et j'ai murmuré à mon corps transi : poisson, poissonnaille, tu n'es qu'un petit poisson fou ! Et je me suis à nouveau efforcée de rire,

afin de chasser définitivement toutes les pensées mal-
saines qui peuvent venir à l'esprit d'un petit poisson
fou. Et il advint qu'au lieu de tout brûler sur son passage, comme à l'ordinaire, le rire qui s'échappait de
ma bouche n'était pas du tout de nature sulfureuse
mais, au contraire, tout de douceur : un rire d'armistice
et de paix qui ouvrit d'un seul coup, toutes grandes, en
moi, les vannes des pensées interdites… Et je me suis
chuchotée rêveusement, sur le ton d'une confidence
amusée : Huit jours, un jour ? mais je n'en demande pas
tant… Qui parle de mettre le pied sur la Martinique,
qui prétend à respirer son odeur ?… Non, non, ma fille,
je ne souhaite pas même y débarquer ; mais vois-tu,
simplement la contempler de loin, une petite minute,
comme je l'ai vue au moment où le cargo de Guyane
m'éloignait pour l'éternité de moi-même… Je te le
jure, Mariotte, simplement une minute (mais de préférence, comme sur le cargo, de telle sorte que je puisse
voir toute la rade de Saint-Pierre, avec les mornes qui
s'échelonnent sur les pentes de la Montagne Pelée, et
cette énorme roche, mon Dieu, à mi-hauteur, derrière
laquelle…), ô rien qu'une minute, *z'amig an moin*…
ne serait-ce qu'en rêve. Rien qu'une minute, je vous
en supplie !

Mais j'avais beau serrer les gencives de toutes mes
forces, afin de faire apparaître l'île sur ma rétine : rien
ne surgissait de l'ombre, sinon de vagues stries rougeâtres qui provenaient de mes paupières racornies sur
mes yeux, comme des poings avides. Et j'ai murmuré
en patois créole, sur un ton que je voulais plaisant,
enjoué, quoique teinté d'un reproche amical : alors la
Martinique, c'est comme ça que vous m'abandonnez ?
Puis, dans un éblouissement douloureux, j'ai senti tout
ce qu'il y avait d'injuste dans cette remarque, ayant

moi-même abandonné le pays depuis plus d'un demi-siècle, avant que celui-ci ne se décide finalement à me quitter. Et j'ai commencé à m'injurier à voix basse : N'avais-je pas fait sciemment un véritable désert de mon esprit ?… surtout depuis deux ans ?… Tout renié, incendié, tué à petit feu d'indifférence ?… Bonne à jeter aux chiens !… Tu voulais détruire l'espoir ?… ignoble négresse aux yeux vides !… Eh bien regarde : il n'y a plus rien qu'une vieille peau nostalgique et sans souvenirs !…

Et, comme je sentais de maigres illusions de larmes couler le long de mes joues, un bref son de tam-tam a jailli de l'autre bout du réfectoire, emplissant l'énorme salle d'une seule bulle vibrante. J'ai soulevé une paupière pour voir ce qui se passait, mais nul ne semblait rien entendre cependant que les battements se rapprochaient de moi, au point de se confondre avec ceux de mon cœur gonflé à éclater !.. Et soudain, ça a été, dans ma tête, une brève et souffreteuse sonorité de *ti-bois* chantant sur le fuseau allongé du tambour *N'goka*, tandis qu'une voix flûtée de négresse à « mouchoir » se faisait entendre – la mienne, ma propre voix, qui murmurait doucement en patois créole : *Nagez, nagez, petit poisson de chez nous ; car la mer n'est pas à celui qui dort sur le sable. O Couliroug, Balaou bleu, ne restez pas si loin, loin, loin, pauvre Marie sans écailles échouée dans le secteur des Blancs, gisant dans leur vase…*

Alors je me suis cramponnée des deux mains à la canne, pour ne pas tomber du coffre ; et j'ai commencé à me rapprocher doucement de la Martinique, à petits coups de reniflements, à petits coups de paupières, à petits coups de nageoires véloces qui remuaient par brasses toute l'eau fangeuse contenue dans mon crâne…

… Subitement elle m'apparut, comme la dernière fois, en 1903, lorsque le vapeur qui amenait vers la Guyane son chargement de rescapés de Saint-Pierre – chercheurs d'or qui n'y trouveraient pas même le pain ; et futures prostituées des placers, à marmaille jaune gonflée de malaria – eut gagné la haute mer : un court morceau de terre verte entouré d'eaux multicolores avec, sur les hauteurs de la Montagne Pelée, la gueule béante du cratère encore empanachée de cette cendre bleuâtre qui avait recouvert ma vie, quelques centaines de mètres plus bas…

Mais le Saint-Pierre de mon imagination n'offrait pas un spectacle de fin du monde : les trois-mâts au rancart y dormaient paisiblement sur la baie ; et les deux clochers, les colonnades du Théâtre Municipal, et toutes les maisons alignées en gradins de cirque, à partir du bord de mer, exhalaient une légère rumeur qui était le défi que la mémoire lance éternellement à la mort. De même, les hauteurs sauvages du morne Pichevin n'étaient pas recouvertes de lave, de rocs projetés par le volcan, et d'une poussière destinée à stagner plusieurs années ; elles verdoyaient doucement devant mes yeux éblouis, en découvrant, par endroits, les toits chevelus de mon village, enfouis comme autant de nids à colibris dans les futaies du morne Pichevin.

Soudain, vers la fin du bourg, j'ai reconnu la *case-à-Moman-moin,...* qui se tenait, discrètement, en retrait du sentier, dans un fouillis de bananiers morts, d'arbres à pain, d'herbes à Congo et pieds de malanga aux fleurs ouvertes, plus juteuses et mirobolantes que des fruits.

L'absence de chiens, de poules, d'insectes, d'oiseaux-mouches m'étonna ; mais c'est surtout Moman que j'aurais aimé revoir, afin de la convaincre, une fois pour toutes, de ma parfaite innocence à son égard :

Ah, si le volcan avait bien voulu attendre quelques jours, peut-être aurais-je eu l'esprit de lui dire un petit mot doux, ou plaisant, qu'elle aurait emporté, avec mon image, dans le néant... Ah la la !...

M'arc-boutant sur ma canne, j'ai serré mes paupières à toutes forces dans l'espoir fou d'y voir paraître les traits de Moman ; et, pour mieux lui demander pardon. *Aye Moman chè', la tristesse de toi est une bête qui dévore mon cœur...* Mais plus je l'appelais, et plus Moman s'enfonçait davantage en terre, dans cette tombe étrange qu'elle s'était creusée, en moi, le 8 mai 1902, quand les flots de lave volcanique eurent recouvert son petit monde et dissous jusqu'à la moindre trace de son passage ici-bas... Et j'avais beau la supplier, dans l'ombre du coffre à pain – mordant ma canne de mes gencives nues tandis que, par instants déchirants, un brouhaha me parvenait en provenance du poêle, du réfectoire ; j'avais beau l'implorer avec des mots de petite fille, et ceux de la vieille femme que j'étais devenue – bien plus âgée qu'elle ne le fut à sa mort – elle se refusait obstinément d'ap-

paraître à mes yeux au grand jour, devant la case
entourée de végétation et comme croulante maintenant
de soleil !…

Cahier 4

Toute flageolante, éperdue, je suis descendue du coffre et j'ai boitillé vers la Jeanne qui se tenait à mi-chemin des dominos et du poêle, afin de ne rien perdre ni d'une part ni de l'autre, la chère fine gueule, décidée qu'elle est à «torcher tout le jus» que la vie met chaque jour dans son assiette. L'enjeu étant un baiser à prendre sur les lèvres de la bien-aimée, le domino était redevenu, pour un instant, solennel ; mais toute effervescence avait disparu autour du poêle où l'on ruminait, comme d'habitude, des souvenirs de guerre entremêlés de cuisine, de canailleries élégiaques et de «Cul».

En sa mantille noire, qui enclosait tout le buste sauf les yeux, la Jeanne ressemblait, immobile sur le banc, à un oiseau de nuit sommeillant sur sa branche. Elle souleva la tête à mon approche :

– Un cigare ?

Et comme je me taisais, honteuse de cette faiblesse qui s'était produite trois fois ces derniers jours, elle déplia les ailes et extirpa de son sac à main un princier mégot, qu'elle me tendit sans commentaires.

– … Vous savez, on est bientôt… la fin du mois, et…

Elle m'interrompit, exultante :

– Vous en faites donc pas, madame Marie…

Et elle éclata d'un petit rire amusé, par lequel s'entendait clairement qu'il s'agissait d'une simple restitution – le mégot étant l'un de ceux qui constituent mon tribut à Mme Bitard. Puis elle frotta une allumette soufrée, et, l'approchant de mon visage, sa voix se fit inquiète :

– Mais dis donc, tu pleures, la Marie ?...

Un peu surprise, je tirai une forte goulée, toussotai, protestai :

– Hep là, attention à ce que tu dis : c'est le bois du poêle, il est tout vert...

Elle hocha d'abord la tête d'un air pensif : *Tu ne veux pas que je t'en parle, aujourd'hui, de ma « philosophie » ?...* et, sur mon hésitation, elle eut un geste de la main charmant par lequel elle me libérait de l'obligation de mentir, me renvoyant à mon coffre à pain : *non,* admit-elle simplement, *tu ne veux pas.*

La fumée de la cigarette était montée directement à mon cerveau. Il me semblait la voir, emplissant ma boîte crânienne de ses volutes. Mais comme j'atteignais le coffre, le mégot devint si minuscule que je m'en brûlai la lèvre et le bout des doigts. Je me hissai avec peine, au milieu de faibles cris qui me parvenaient comme à travers l'épaisse ouateur d'un brouillard. Mais sitôt que je me fus assise, les cris s'envolèrent et je ne sentis plus mon corps qui flottait, lui aussi, sur le coffre à pain, devenu un léger nuage de fumée au travers duquel j'essayais d'entrevoir les visages absents qui tournoyaient autour de moi, depuis un instant, en une ronde ironique et légère...

Le village était à environ deux ou trois cents mètres du coffre à pain. J'ai suivi la route caillouteuse qui y conduit, suspendue au néant ; et, à chaque tournant, à chaque éclaircie dans le roc, la montagne verte s'élevait à nouveau devant moi, comme animée d'un mouvement ascendant ; tandis que lointaine et pourtant si proche, à ramasser dans le creux d'une main, telle une flaque d'eau, la mer trois fois maudite s'étirait nonchalamment au soleil, avec la coquetterie d'une belle qui obtient toujours son pardon.

Les visages étaient d'une proximité bouleversante, mais comme recouverts d'un masque de cendres qui rendait toute identification impossible. De désespoir, je donnais de grands coups de canne sur le sentier, dont les cailloux voltigeaient, en tous sens, ainsi que fusées d'artifice !

Et baigné de mon émotion le village m'est apparu, loin de tout, perdu comme au fond d'une impasse ; perché (comme un nid au bout d'une branche) sur le dernier morceau de sentier qui finit derrière la case de Man Zina, au bord de la ravine à Z'icaques. Et soudain j'ai revu, comme tout à l'heure, Man Louise au matin de sa mort, allongée sur les lattes pourries de la véranda ; ou plutôt la masse gélatineuse de son visage ;

ou, plus exactement, le bout de langue couleur de violette passée qu'elle promenait dans son délire, sur la forte jambe noire de Moman et jusqu'entre ses doigts de pieds ; l'intérieur parcheminé de ses cuisses, d'une teinte jaunâtre, sans viande, qui ressemblaient à deux feuilles de tabac séché ; l'os creux de sa hanche, avec cet étonnant bourrelet de chair ferme qu'elle avait conservé, Dieu sait comment, tel un souvenir de jeunesse !

Et j'ai entendu sa bouche « battre », comme on disait chez nous – les gencives et les lèvres collées se détachant avec un bruit mouillé caractéristique des vieillards sans dents ; et, dans une sorte de rage rétrospective, je l'ai entendue, cette bouche d'abîme qui glapissait vers Moman grise de douleur : « … je suis votre main, je suis votre pied, je suis la poussière sous vos pas !…»

Et j'ai revu Moman (ô son visage, enfin) qui se penchait vers le délire de grand-mère ; et soudain je l'ai revue, la vieille Erinnye, qui tâtait la jambe de Moman avec un air d'étonnement extrême et qui murmurait en souriant : *Je mangerais bien un petit quelque chose de poivré… ouaye !*

Et tante Cydalise a aidé Moman à transporter Man Louise qui réclamait son manger ; et nous avons constaté qu'une de ses jambes (celle épargnée par l'éléphantiasis) était pliée à mi-longueur de tibia.

Et, tandis que ses deux filles la transportent, la voilà qui me permet d'essuyer, avec le bas de ma cotte, son front et ses joues couverts d'une légère sueur rosâtre…

Et nous qui trions les « kabanes » nocturnes pour en amonceler la fleur sous Man Louise, dans le coin du fond, par terre, en une couche plus moelleuse que le simple mélange de chiffes et cannes séchées. Et grand-mère qui sourit, les yeux fermés de lassitude, tandis que tante Cydalise éponge son front avec du bay-rhum. Et la voilà encore, grand-mère,... qui soulève une paupière en réclamant un ti'manger bien chaud et poivré :

– ... Un ti pété-cœur, insiste-t-elle faiblement.

Et Moman qui déplie le tibia sans que la vieille batte un œil, sans qu'elle entende le craquement, sans qu'elle se rende compte de rien trois fois rien : ouvrant seulement la bouche sur le doigt imbibé de rhum que tante Cydalise promène à l'intérieur de ses joues flasques. Et ziiim fille de l'air Moman qui attelle le tibia entre deux planches ; et blogodo blogodo hak Man Louise qui s'écrie, sentant l'odeur poivrée de malanga dans l'écuelle que Moman agite sous ses narines :

– On me donne des cancrelats, on veut me faire manger des cancrelats !...

Et la voisine déclarant aussitôt que c'est la fin, que la tête de Man Louise n'est déjà plus avec nous ; et Moman qui tombe à genoux, enserrant la vieille sur son giron, et qui lui chuchote avec un tendre et infiniment délicat accent de reproche : « Mais pourquoi dis-tu que c'est des cancrelats ? Vraiment, je ne te comprends pas de penser que nous te mettons de la vermine dans ton assiette ; ah Man Louise, vraiment, une telle pensée m'étonne de toi... »

Et voici Man Louise redressée qui déploie ses lèvres, et, tiquant de ses lourdes narines de caoutchouc :

– Des cancrelats... des cancrelats... on me donne des cancrelats !...

Et puis, atteinte d'une nouvelle flèche – par ce tireur, caché dans les ruines de son cerveau –, la voilà enfin qui lâche un flot de paroles incohérentes :

« On veut battre les enfants !... Oh Seigneur, on veut les battre... Et pourquoi me laisse-t-on sale comme je suis ?… Enlevez la peau, enlevez la peau, nettoyez-moi fort ; trempez la petite Louise dans l'eau savonneuse et bouillante, pour qu'elle devienne toute propre, toute sainte… comme un beau linge blanc, haaaa !… Mais je vous jure par toutes les plaies du Christ que c'est vous ma mère, ô Maîtresse : que je n'ai pas et n'ai jamais eu d'autre maman que vous !… Alors pourquoi toutes ces calomnies, hein ?… Non vraiment-*vraiment* c'est pas des façons de calomnier les gens comme ça… c'est pas bien du tout-du tout-*du tout*… Cette femme-là Solitude que vous dites, je ne la connais pas… C'est vous ma mère, ma petite Moman… Alors pitié… Pitié… *Mais pisque je vous dit que je ne la connais pas ?*… La petite Louise, dans l'eau… Mais il cloue trop d'oreilles : le savez-vous ne le savez-vous pas ?…»

Tante Cydalise nous a fait agenouiller autour de grand-mère, pour l'aider à passer sans douleur de l'autre côté de la vie ; et Moman, ainsi qu'une autre grande personne – une voisine ?, se sont allongées de chaque côté de la moribonde, qu'elles ont soulevée, chacune, d'un bras maternellement pressé sous le dos.

(… Mon Dieu, après soixante années, le sens de cette singulière coutume mortuaire m'apparaît aujourd'hui pour la première fois, tandis que j'écris ces lignes, adossée à mon propre néant : les yeux aveugles de Man Louise roulant de gratitude, cependant que ses doigts s'agrippaient à Moman et à l'autre personne dont j'ai perdu le nom… N'était-elle pas dans tous ses petits

106

souliers, avec cet entrelacs de bras qui l'entouraient, la protégeaient, et peut-être l'accompagneraient jusque dans la Mort, qui le sait ?... Elle avait chaud, elle souriait, et par moments tentait de se soulever, les narines écloses, comme pour mieux aspirer les souffles d'âmes fraîches et vivantes et amies qui s'entrecroisaient au-dessus de son presque cadavre,... de son visage presque de boue... Mon Dieu ! quelle belle agonie... Et pour ce beau souvenir : merci la Martinique !...)

Hélas Moman, la divine Lune, la pauvre Hortensia-négresse n'avait pas remarqué l'accalmie et ne cessait de répéter, ses grosses joues luisantes et tressaillantes de sanglots : «Et pourquoi veux-tu qu'on te donne des cancrelats ?... Dis-moi pourquoi par la bonté de Dieu que je te donnerais des cancrelats ?... Mais le soleil et toi c'est la même chose, Man Louise ; et quand je te vois c'est toujours soleil-midi pour moi !... Alors... *pourquoi ?*... Hein ?...»

A la fin, effrayée par cette rumeur incompréhensiblement tragique, Man Louise a pris peur et s'est débattue avec Moman et puis elle est retombée de tout son long sur le grabat en geignant : «J' veux mes filles,... donnez-moi mes filles...»

Et Moman et tante Cydalise l'entouraient en disant qu'elles étaient bien ses filles, et grand-mère protestait en disant que ces personnes-là n'étaient pas ses filles ; et petit à petit – les enfants d'abord, puis les voisines, toutes les âmes présentes se sont rapprochées du chevet pour jurer au nom de saint Michel Archange que Moman et tante Cydalise étaient bien ses filles : mais en vain.

Alors Moman a expédié plusieurs enfants dans le

bourg pour ramener le plus de monde possible à témoigner qu'elle et tante Cydalise étaient bien les filles de Man Louise-négresse, dite Melon doux ; mais grand-mère s'en moquait, qui gardait son air rusé et se contentait de hocher la tête, en signe de dénégation, chaque fois qu'une voisine s'approchait la main haute pour prêter serment ; et le Cribiche lui-même, hilare, de proférer la formule sacramentelle : *« Jamais Bon Dieu !... »*, avant de se répandre en protestations inquiètes sur l'identité de Moman et de tante Cydalise.

Et c'est à ce moment qu'est arrivé, mine de rien, un petit nègre bleu et grisonnant avec une tenue de drill aux couleurs passées. Ah, un simple nègre des campagnes, un vrai *bitaco* ?... Mais voilà : une significative mallette à « outils » sous le bras, ligotée de ficelles aux nœuds savamment ordonnés ; et puis cet air souriant et absent à la fois, reconnaissable entre mille : *l'air de celui qui est ici et ailleurs.*

– La compagnie, pour la douleur… a-t-il murmuré sur le pas de la porte.

Et aussitôt, dès l'entrée, il s'est mis à faire de grands gestes du bras, tranchant, de ses mains jointes, l'ombre qui s'amassait dans la case avec tant de personnes ; et la repoussant, cette ombre mauvaise, de sa poitrine soudain offerte, entre les pans de sa chemise, comme une étrave… ô nageur impeccable des Hauts-Fonds de la Connaissance, ô valeureux Nèg' Brave à jamais fermé à la crainte des esprits requins, murènes, gymnotes qui affluent, comme on sait, dans la chambre des agonisants…

« Hum, hum, attention… », mâchonnait-il vaguement, d'un ton qui signifiait à l'évidence : Ah là là, mes pauvres gens, si vous pouviez voir les environs… Un homme n'est jamais seul, non… Mais il faut des yeux *espéciaux* comme les miens pour distinguer les esprits invisibles dans l'air… hum, hum…

Et cependant, sans se presser, il « libérait » déjà la case en faisant des signes « cabalistiques » à toutes les ouvertures ; aspergeait d'eau bénite les coins sombres, où volontiers se tapissent les revenants ; enfin, frottait affectueusement le front de Man Louise et se précipitait vers la porte, hagard, pour jeter le « Mal » dans le vent, de ses dix doigts écartés comme par crainte et suprême dégoût !

Pour notre grand étonnement, Man Louise a accueilli le petit bout de sorcier avec ferveur et reconnaissance ; alors qu'en temps ordinaire, en temps de vie, elle ne voulait avoir à connaître que du curé – qui représente les puissances blanches.

Mieux : dès lors que le modeste et pétulant « Maître-de-Belzébuth » eut posé ses mains sur le front de la vieille, celle-ci s'est soudain détendue, l'air enfantin, mystérieux ; et ses prunelles se sont mises à nous regarder, les uns après les autres, tout comme si elle nous voyait autrement qu'en pensée ; et elle a dit, très doucement, à tante Cydalise recourbée sur elle : « Petit Monde, je suis contente de fermer les yeux avec ton image devant moi, quoique je n'y voie guère mieux qu'un crabe Touloulou… »

Alors nous avons su qu'au moins pour un moment, elle était de retour parmi nous ; et tous les enfants se sont approchés de la gisante, pour lui baiser la main, pendant que son restant d'âme était encore dans la case…

Elle s'est remise à pleurer, un peu plus tard, en se souvenant qu'elle n'avait pas de chemise de nuit à mettre, dans le cercueil en bois de campêche, qui l'attendait, depuis plusieurs années, au fond de la case, et nous servait provisoirement de remise pour les denrées périssables.

Comme elle versait de grosses gouttes, toutes les grandes personnes trouvaient que c'était merveille de voir que Man Louise pouvait encore soutirer de telles larmes de ses os ; et Moman s'est mise à genoux et lui a dit que si elle pouvait se « retenir » jusqu'au soir, elle, sa fille Hortensia, prêtait serment éternel de lui ramener une chemise neuve de Saint-Pierre. Mais grand-mère ne semblait pas y croire et se contentait de répéter : « Ah, j'aurais voulu descendre belle dans la terre, comme une personne bien convenable : et voilà-t-y pas que je vais descendre aussi mal fagotée qu'en haut. Voilà-t-y pas ?... »

Finalement, elle a promis de garder son souffle jusqu'au soir ; et tante Cydalise nous a enjoint de courser le cochon-planche qui rôdait aux alentours de la case. Il n'est pas tout à fait mûr, a dit Moman en enfonçant le coutelas dans sa gorge, comme à regret ; et une voisine qui lui tenait les pattes a fait remarquer oui qu'on ne pouvait pas demander à Man Louise d'attendre, pour décéder, que le cochon-planche aye atteint sa plénitude. Qu'est-ce que vous me dites là, qu'a répondu Moman en rigolant ; et j'ai compris qu'elle était de nouveau à son affaire, oh oui, à taillader le porc à coups de coutelas, et à ranger par lots de poids divers, sur la table jonchée de feuilles de malanga, les morceaux de viande qu'elle purgeait de leur sang ultime, très soigneusement, en les comprimant comme un linge délicat au-dessus de la bassine à boudin.

(Ah ouiche, tous les bataillons de la mort pouvaient envahir notre case,... mais tant que Moman aurait assez de force pour occuper ses deux bras, elle continuerait de chantonner, comme elle faisait, à présent, le nez sur notre cochon-planche, de sa voix aux consonances rondes et trémulantes comme ses fesses, dont les amants de Moman disaient qu'elles étaient tout pareilles à deux roues qui ne s'arrêteraient jamais de rouler – même dans l'abîme de bonheur où lesdites roues vous entraînaient parfois !)

... Seigneur, le boudin, bien gonflé de croûtons de pain, de ciboulette, d'aromates cueillis dans le voisinage, se gondolait dans l'eau chaude ; et toutes nous avions des branches à la main et des cailloux pour chasser les chiens fous des mornes, qui rôdaient, autour du foyer en plein air, dans l'espoir de glaner l'un de ces éclats d'os qui voltigeaient à chaque retombée de coutelas. Des voisines aussi allaient et venaient, qui achetant un morceau de porc, qui retenant une longée de boudin, qui amenant des offrandes de bananes, de pommes Cythère, de minuscules oranges bouriam, etc., pour grossir la somme destinée à l'achat de la chemise mortuaire de Man Louise.

Seuls les « tout-nus », les moins-de-cinq-ans avaient eu droit à une lèche du petit ragoût préparé par Moman pour grand-mère; et nous les avions longuement contemplés, sans mot dire, tandis qu'ils enfonçaient leurs doigts dans la sauce épaisse et brûlante, au-dessus de laquelle surgissaient de minces morceaux bruns, mêlés aux tiges enivrantes de bois d'Inde, aux feuilles de thym et de girofle, et aux mille petites étoiles d'or du migan d'arbre à pain.

Simplement, nous faisions peser alternativement notre corps sur un pied; perdues, comme des cigognes, dans une rêverie intense et solitaire…

… Oui, nous étions dans la plus mauvaise période de l'année, où le travail est rare ; où le ventre des enfants ballonne et grouille de vers ; où les mangues et fruits à pain – suprême recours à la disette – ne sont pas encore comestibles.

Pour comble, aucun bateau de guerre n'était entré en rade depuis plus d'un mois ; et celles mêmes qui faisaient commerce de leur « viande » avec les Blancs en étaient réduites aux pires expédients : herbes de la pitié, qui vous empoisonnent ; crabes à barbe, crabes honteuses, minuscules crabes tout-malins ; escargots vignots de rivière, dont on extrait la substance – grosse comme un asticot, à peine – avec des aiguilles courbes, et dont on avale, très heureusement bouilli, jusqu'à l'appendice excrémentiel !

Les lots taillés dans la maigre chair de l'adolescent cochon-planche étaient minuscules ; mais, peu de voisines recelant deux sous vaillants dans leurs jupons, une dizaine de kilos (plus de la moitié du triste athlète…) demeurèrent invendus.

Moman fit deux portions avec le restant de ragoût : l'une pour Man Louise, qui aurait un souvenir de «joyeux manger» à emporter dans la tombe; et l'autre, l'autre dit-elle, à notre stupeur,… l'autre, c'était pour son compère Raymoninque qu'il lui fallait passer voir, par la même chanson-occasion, en la geôle de Saint-Pierre où le bougre était *assis*.

Deux grands plateaux de tête, larges d'un mètre, étaient remplis de fruits et légumes «apprêtés» pour la vente: les donatrices les avaient tant lavés, frottés, fait reluire que c'était tout juste, selon Moman, si elles avaient pu se retenir de les repasser et de les amidonner!… Au sommet d'un plateau, Moman posa – emmitouflées dans des feuilles de bananiers – les rations de porc qui n'avaient pas trouvé d'acheteurs ou plutôt de gros sous; et, à la pointe de l'autre tray, un beau morceau de ragoût, dormant dans un petit pot de terre, ainsi que la paire de chaussures dont elle voulait honorer Raymoninque, son compère…

– Car, nous dit-elle en souriant, prison ou pas prison, pour moi c'est tout comme bananes-figues et figues-bananes: savez-vous ne le savez-vous pas?… Dérespecter ce nègre-là?… ah, ne comptez pas sur Hortensia-négresse pour une telle vilaineté!… Ah! non, alorsse… Pas confondre Coco et Zabricot, missiés!…

Et, toute chavirée, bouleversée à la pensée qu'on l'ait pu soupçonner de cette laideur: visiter Raymoninque, *Raymoninque son compère,* avec ses pieds nus… elle fit tourner autour de son cou, par trois fois – triple dénégation – sa belle tête de pleine lune noire, aux rousseurs secrètes, soudain, qui étaient l'émotion du sang affleurant sous sa peau:

– Attention je vous dis!… Et pour les celles qui se croiraient taillées dans du brocart,… attention mes toutes-belles que si le porc y meurt, celui qui tue le porc meurt aussi!… Hem!

Quand nous sommes rentrées dans la case, Man Louise bavardait paisiblement et elle s'est tournée vers Moman, dardant ses yeux aveugles :

– Tu crois que tout ça fera 6 francs 50 ?

Et Moman a caressé le crâne luisant de grand-mère et elle a dit :

– Chère, ô si chère-à-nous… même s'il n'y avait pas de porc, et même s'il n'y avait pas de fruits et de légumes, je te ramènerais une chemise de nuit : dussé-je vendre mes fesses par lots d'un kilo sur le marché !

Et toute la compagnie a ri ; et grand-mère a dit qu'au prix du porc, les fesses à elles seules de Moman rapporteraient le montant d'une chemise de nuit blanche, en coton, avec une bordure rouge autour du cou et des poignets.

– Mais tu te garderas vive, pour mon retour ? a dit Moman inquiète.

– Ma fille, faites vos affaires et je ferai les miennes !

– Alors jurez-le ! a dit Moman un peu vexée par le voussoiement de Man Louise.

– Vive comme un gardon…, a plaisanté Man Louise ; et toute la compagnie a ri, y compris Moman ; et, la mine dévote, le geste lent et grave, la moribonde s'est penchée sur sa « dernière part de ragoût assu la terre… »

Alors Moman a soupiré, comme une visiteuse qui s'apprête à partir, bien qu'avec d'incommensurables regrets ; et, tout soudain illuminée, elle a dit timidement que ça ferait sans doute plaisir à Raymoninque de voir Ti Molocoye, et de tâter, un coup, la bonne chair de son filleul… Quoi ? a fait Man Louise… Et s'arrêtant de pignocher son ragoût, la main levée, graisseuse, elle s'est écriée avec aigreur : « Pourquoi donc Raymoninque ?… Pourquoi ce nègre feinteur, ce sans-moman, ce vonvon tout noir que le diable a sans doute chié derrière l'église un jour de colère ? »

Et Moman a modulé :

– *Ho ! man Louise, cé couteau ki save ça ki an cœu à giraumont ;* seul le couteau sait ce qui se passe dans le cœur du giraumont…

Et Man Louise a dit :

– Hortensia, ma chère… *pas chanter moin titime bois sec.*

Et Moman a repris, soupirante :

– Ho ! Man Louise chère, pain doux sucré, vous ne savez donc pas que la misère *fait macaque manger piment ?*

Et Man Louise, impériale :

– Hortensia, je vous l'ai dit mille fois : votre bouche ne connaît pas le dimanche !

Et Moman :

– Je t'assure que Raymoninque n'est pas le nègre que tu dis : hais le chien, Man Louise, mais reconnais que ses dents sont blanches… reconnais-le.

Et Man Louise, abandonnant soudain la partie :

– Ah, c'est pour le Bon Dieu que je m'arrête. Emmène-lui donc Ti Molocoye, puisque tu y tiens plus qu'à ta mère. *Plus tard, plus triste…* Quand je ne serai plus là, tu verras que Raymoninque ne méritait pas même d'être acheté esclave… Tu verras… je ne serai plus là… mais les fourmis, à travers la terre, viendront m'en porter les nouvelles…

Puis, sans tenir compte de ma main posée sur son épaule (qu'elle secouait, par moments, comme pour me faire lâcher), elle a demandé, de but en blanc, que ça soye Mariotte-enfant Câpresse qui descende le petit à Saint-Pierre ; car elle tenait absolument à garder tous les autres « Ti-Mondes » autour de son « corps, en cas que… des fois que… »

Alors Moman qui me sourit, pour que je ne me fasse pas de bile ; puis qui me passe doucement un mouchoir rouge entre les cuisses ; l'épinglant, à grand soin, de chaque côté de mes reins, afin que je ne la désoblige pas avec mon cul nu devant Raymoninque. Et l'on attache Ti Molocoye sur mon dos, en lui faisant une sorte de hotte avec un grand pan de sac à farine. Et Moman qui pose le coussinet sur sa tête et deux voisines ont installé le tray à légumes sur le sommet de son crâne. Et elles en font autant à Mme Tété, qui voulait bien l'aider à ramener la chemise de grand-mère. Et nous sommes sorties en plein soleil de midi ; et nous avons commencé à dévaler les sentiers qui descendent vers Saint-Pierre, à la queue leu leu, comme des cabris : moi Mariotte-enfant Câpresse en dernier lieu, avec Ti Molocoye qui tantôt s'affolait, larmoyait, urinait sur mon dos,… et tantôt suçait à-la-bout-de-sein une mèche entortillée de ma nuque, en tressautant, par jeu, à la fête de cette promenade inaccoutumée… Et j'étais tellement apeurée par cette visite à Raymoninque, que je serrais mes cuisses entre deux sauts, pour ne pas uriner, moi aussi, tout comme mon présumé demi-frère : – songeant que, peut-être, on ne nous laisserait pas ressortir de la prison ; ou bien que Raymoninque, ostensiblement, ne me rendrait pas mon salut ; ou même qu'il m'adresserait des mépris, aïe la Vierge, et que lui avais-je donc fait ?… qu'avait-il après moi, ce vieux nègre à malédiction ? Ne m'étais-je pas toujours efforcée de rester fidèle à sa parole de Nèg' Brave ; et à l'image qu'il m'avait tracée de la femme Solitude de Guadeloupe,… mon aïeule de par le sang d'eau croupie de Man Louise ?…

Sur ces pensées, nous arrivions en vue de l'acomat géant que l'on surnommait *Missié-la-Porte;* car le sentier, passant au pied de cet énorme hérisson végétal (qui obscurcissait le ciel, à plus de cent pieds de hauteur), devait traverser un fouillis de lianes, de plantes parasitaires, de racines osseuses qui faisaient un couloir de ténèbres au bout duquel une porte bleue, haute de trois mètres, ouvrait librement la vue de l'homme des mornes sur le pays : la mer au loin, comme dans un gouffre, confondue dans une même vapeur avec le ciel où l'île de la Dominique formait un cumulus fragile, prêt à se dissiper dans l'air ; Saint-Pierre verte et blanche, allongée comme une femme nue le long de la baie, au bord de l'eau, avec, entre ses cuisses, le jardin anglais du Théâtre Municipal ; et la perspective vertigineuse des carreaux de canne qui descendaient, en se rapetissant au fur et à mesure, vers les premières cases de notre Ville-Lumière, en pente douce…

De temps en temps, d'un coup de pouce, j'écartais la sueur qui m'emplissait les yeux : la moindre erreur d'évaluation eût été fatale à mes petites pattes, qui devaient sauter les roches, se tendre le long des dénivellations volcaniques, arpenter les fondrières à la même vitesse que les jambes immenses, pour moi, de Mme Tété et de Moman. Pour la forme, elles protestaient lorsque, soulevés à mon passage, des cailloux roulaient jusqu'entre leurs pieds nus. Puis elles continuaient leur chemin, entrecoupant l'effort de rares réflexions que, par chance, aidée par la brise, je surprenais parfois : « Sosthène ? non, non, ma chère, ne me parlez pas de Sosthène… il ment comme chien soimême et je vous le dis, madame Tété, cet homme-là est tellement voleur qu'il aurait subtilisé les foudres dans la main du Seigneur!… Aouah, ma bonne Hortensia, ma toute-douce; en vérité, tu es une tête de citron!…»

Et maintenant qu'on avait «passé» l'acomat-porte, elles lançaient des réflexions aux groupes d'hommes et de femmes qui partaient aux champs, armés de paniers et d'outils; aux jeunes filles qui pénétraient dans le creux des torrents, des piles de linge en équilibre sur la tête; à ce brave *bitaco* qui faisait sécher ses habits au bord d'une ravine (sans doute il descendait, comme nous, à Saint-Pierre) et qui, nous voyant surgir de la sente, se précipita, avec un bond noir de poisson, dans l'eau du torrent où il se tint à l'abri d'une roche, jusqu'à notre disparition, jusqu'à la fin de nos éclats de rire…

On voyait aussi apparaître des cabris, dont quelques-uns avaient un grelot autour du cou; et, contagion musicale?… bientôt un tintinnabulement se fit entendre dans le creux de mon oreille gauche et je me dis, transportée d'aise, *heureuse du bonheur:*

«Tiens, tiens, Mariotte-enfant Câpresse…, c'est à se demander si y aurait pas une âme vivante qui dit du bien de toi à c't'heure présente que nous descendons vers Saint-Pierre, moi et Ti Molocoye accroché ronflant sur mon dos, et Moman et Mme Tété qui sautent par-devant et qui se tracassent et qui marchent, comme qui dirait, dans leur propre jus tellement que le soleil ce vieux nèg' marron nous pèse sur les épaules à toutes les trois, avec comme qui dirait l'intention de nous faire tomber raides!…»

Et je me suis encore dit, rêveuse:

«Ah là là que j'aimerais le savoir, tout ce bien qu'on dit de moi et qui me fait des sonneries dans le tuyau de mon oreille gauche!…»

119

Et, comme j'imitais voluptueusement le son avec ma bouche : bili… bili… bilibip !…, presque aussitôt le tintement a cessé, me livrant à moi-même, à ma tristesse…

Dans ma déception, très vive, j'ai failli manquer une bonne roche et je me suis murmuré à voix basse, parlant à mon propre corps : « Non non missiés-z-et-dames, je ne sais foutre pas qui diable pourrait déverser une bonne parole sur votre compte, manzelle Mariotte !… »

Et puis, non moins subitement, le tintement a sauté dans mon oreille droite, vloum bologlop… vloum bologlop… ce qui signifiait que la langue diseuse avait viré de bord et commençait à m'étriller proprement. A moins ?… une autre âme vivante… intervenant dans la conversation ?… et déchargeant ses fusils contre Mariotte-enfant Câpresse ?

Ou bien alors… mon démon acolyte ? ce maudit compagnon, invisible, qui accompagne les petites négresses jusqu'à leur première communion ?… et qui aurait fait sauter, dès le début, dans le creux de l'oreille gauche tout le mal dont m'avertissait l'oreille droite ?… Afin de troubler l'eau, dans ma tête ?… et m'empêcher de prononcer l'exorcisme qui convient ?… Ah là là !

Parvenue à ce point de mon raisonnement, je me suis écriée, avec une sorte de triomphe misérable au fond du gosier sec : *Ho ! ho ! je le savais bien que le Diable y rôde autour de cette pauvre tiote enfant-là, c'est sûr… aussi vrai que je m'appelle Hortensia-la-Lune !…*

Et puis, effrayée, j'ai laissé pénétrer en moi la voix

douce-amère, acidulée, de tante Cydalise : *En vérité,*
messiés, on dirait jamais une tête chrétienne, oh non...
elle est hantée par Satan, Satan même en personne
oh oui, cette Câpresse-là !... La Mariotte ?... mais
c'est une vraie réserve de péchés dans le monde !...
Regardez, mais regardez-la donc qui veut jamais
garder un mouchoir épinglé sur son derrière !... Et
puis sa robe sur la tête,... constamment en train d'ex-
poser sa petite bête à tous les regards... comme si ça
n'avait jamais été lavé baptisé racheté par Not'Sei-
gneur !... Comme si y avait toujours un diable dans son
dos, là, là même je vous dis, prêt à lui mettre la griffe
dessus... là... là... rôdant autour d'elle pour l'en-
traîner à faire quelque mauvais coup de nègre !...

Et pour finir, malgré moi, avec une sorte de hoquet
terrifié, j'ai ouvert dans ma poitrine cette grande
bouche d'abîme, aveugle et sans dents, cette trouée
sanglante dont la voix organique me chuchote, sitôt
que je suis dans le malheur : *Tu l'as vu, tu l'as cherché,*
tu récoltes ce que tu as semé,... avec le même accent
navré, craintif et fanatique dont elle usait pour nous
dire : « Batte cartes à zotte bien, marmaille !... mais le
Dieu qui châtie jamais n'est loin ; et vous le trouverez
jusque dans la racine de vos cheveux !...»

Cette bouche qui me parle inlassablement depuis ma
plus tendre enfance, et dont rien de ce que je puis dire
ne l'atteint. Rien. Rien. Rien... Oh mon Dieu, et cette
voix cassée, ancienne, un peu menaçante à mon
endroit, qui coule dans mes veines aussi librement que
mon sang !... Et ce visage d'astre mort qui tourne
autour de ma vie et m'est pourtant plus étranger que
les étoiles de quelconque grandeur qu'on voit par
temps de ciel clair, observant nos faits et gestes, en
plein jour !... Cette bouche, cette voix, ce visage qui

me criaient, enfant sur la sente de la Montagne Pelée, au jour de la mort de Man Louise : *Misère du Ciel, on voit tout de suite que la Mariotte-enfant Câpresse est possédée ; on voit, on voit c'est quel sang qui coule dans ses veines de chat-huant (non, non, ne me parlez pas de cette-là Solitude que vous dites : prononcez pas ce nom)… quelle malédiction c'est qui la tient dans ses griffes !… Ha, ha, suffit de la voir monter dans ses grands pieds d'arbre-là pour se bourrer de toutes sortes de fruits à nègres marrons : jujubes, cachiments, surelles, petits cocos sauvages mais pas plus sauvages qu'elle, non, alors !… Rien ne l'arrête je vous dis le sang lui ressort par tous les pores de toutes les manières ; et le pire mais le pire alors c'est la bande de petits vauriens avec leur ventre plein de vents leurs sacrés boudins gonflés de vers qui sont là, sous l'arbre, à lorgner la petite bête logée entre ses cuisses… tandis que la démoniaque est là-haut sur l'arbre, n'entendant ne voyant rien ; là-haut sur l'arbre, le plus naturelle-ment du monde à le secouer l'arbre pour en faire dégringoler les fruits afin d'en repaître les petits négrillons à crimes !… Oh, c'est ça son élément !… Alors voulez-vous que je vous dise moi : y a quelque chose de pas naturel là-dedans, non !… Ya pas, y a pas, y a pas à dire cette enfant n'a plus d'âme son âme l'a quittée et c'est sans âme qu'elle est tout quasiment, et voilà pourquoi ça ne sent rien rien rien, tu peux lui faire n'importe quoi et même la rouer de coups, elle ne se reniera jamais, elle ne demandera jamais pardon : oh, c'est un mot qui ne sort pas de sa bouche sous une grêle de coups de bâtons, il sort pas !… Alors c'est-y pas bizarre plus que bizarre ?… Oh, pour moi, y a un diable quelconque, un acolyte qui doit venir l'aider à prendre des coups parce qu'autrement c'est*

pas possible ; et vous allez voir ça, vous allez voir
qu'un de ces quatre matins elle va devenir toute noire
noire noire, laide comme un chien sans pattes !… vous
allez le voir ça, oui, tu peux me regarder, c'est ça même
Mariotte que tu vas devenir : nouare nouare nouare, tu
sauras même pas comment c'est arrivé !…

… Cette rancuneuse prédiction avait toujours le don
de m'affoler, car je savais que plus d'une se retrouve
aussi noire que du charbon, un beau matin – pour bien
moins que ça ; et dans mon désespoir je me suis écriée
à voix haute : Pardon Man Louise, pardon petite crème
sucrée ; et, manquant une bonne roche, je me suis
fendu l'arrière du pied. Et nous avons été obligées de
nous arrêter à cause de cette traînée sanglante ; et,
tandis que Moman et Mme Tété m'attendaient, profitant
de l'occasion pour uriner debout, les jambes écartées
roides et les mains à plat sous le plateau (de façon à
alléger, si peu que rien, le poids considérable sur leur
crâne), j'ai écrasé une larme de piment sur la plaie qui
s'est arrêtée de couler presque aussitôt.

Et Moman a dit, sous le tray qui plongeait son beau
visage régulier – de Vierge toujours émerveillée, à la
peau luisante comme les feuilles d'eau – dans une
ombre fluide et bleuâtre :

– Madame Tété, sérieusement, croyez-vous que
toutes ces misères vont nous faire 6 francs 50 ?

Et Mme Tété qui répond, avec assurance :

– C'est comme si Man Louise était déjà dans le cercueil, avec sa chemise blanche à bordure rouge autour
du cou et des poignets.

Et Moman qui rigole, d'un rire un peu étranglé par le
poids du tray ; puis qui répète, pour la forme : *Vous le*

croyez-t-y ?... Vous le croyez-t-y ?... Et finalement qui demande à Mme Tété : *Comment c'est encore, cette nouvelle biguine, avec Alexandre ?*

Et Mme Tété qui fredonne, mais sans véritablement chanter, à cause du poids qu'elle a sur la tête :

> *Alexandre pâti, y pâti*
> *Y bien pâti, mon Dieu*

Et Moman qui se remet en marche, les épaules raides et les coudes bien enfoncés dans le creux des hanches, pour aider sa nuque à supporter le poids ; – tandis qu'elle chantonnait, doucement, de sa voix de basse profonde, avec la certitude pleine et entière de ramener la chemise mortuaire de Man Louise.

Et elle a chanté cette biguine tout du long, Moman : et sur le marché de Saint-Pierre ; et devant les portes grillagées des maisons de Blanc-pays où nous proposions notre marchandise ; et à l'intérieur de la boutique où nous sommes entrées pour vendre l'anneau d'or qu'elle avait reçu de Milo, quinze ans plus tôt. Et même en palpant la chemise de nuit, qu'elle chantait. Et jusque devant la grille de la prison, où nous nous sommes arrêtées pour qu'elle mette ses chaussures ; et où nous sommes demeurées, un long moment, angoissées par la crainte du gros gardien – pourtant un homme de couleur foncée – qui pouvait décider, subitement, de ne plus nous laisser sortir. Et devant la fontaine où nous nous sommes toutes lavées, pour grandir en assurance et en dignité. Et en traversant la cour de l'ancienne prison d'esclaves, où l'on voyait encore l'arbre-fouet, à demi calciné, avec ses curieuses pousses vertes qui naissaient à même les plaques cendreuses du tronc noir – témoin indifférent de notre servitude, et symbole blessé des journées qui suivirent l'abolition de l'esclavage *direct*…

Et elle s'en remplissait le cœur, de la biguine d'Alexandre, tandis que nous longions les couloirs obscurs du bâtiment, à la queue leu leu, comme sur le sentier de la Montagne Pelée : elle d'abord, en tête de file, quoique précédée à trois mètres par le gardien qui faisait, joyeusement, sonner son trousseau de clés, et qui lançait des appels bon enfant en passant devant les portes épaisses, à carreau grillagé (d'où montait un tumulte de fête – nul condamné nègre ne passant une journée sans recevoir de la « société ») ; elle d'abord, Moman, toute meurtrie dans les chaussures que lui a achetées Milo, quinze ans auparavant, le jour de l'anneau d'or, et qui s'étaient tellement desséchées dans la case, au fur et à mesure que ses pieds se couvraient de corne et de marques diverses, de trous de chiques – qu'elle ne les mettait plus qu'une fois l'an, le soir du Vendredi Saint, sur le parvis de l'Église. Puis Mme Tété, avec Ti Molocoye sur le bras, qui poussaient tous deux de petits soupirs effrayés à mesure que nous nous enfoncions dans les arcanes souterraines du monde blanc. Et enfin moi, trottinant éperdue derrière l'arrière-train majestueux de Mme Tété, et cependant attentive à ne pas laisser perdre une goutte de sauce du ragoût de Raymoninque, qui me paraissait mijoter, encore, tout chaud, dans le petit plat de terre cuite que je serrais douloureusement contre mon ventre ; et d'où montait un fumet d'autant plus déchirant que nulle d'entre nous (si l'on excepte Ti Molocoye, gonflé du lait maternel) n'avait eu le cœur ni le temps de se mettre sous la dent autre chose qu'un vieux morceau de canne dont les barbes ne renfermaient qu'un jus maigre, sans vie…

Et tout ça ne l'empêchait pas de chanter, Moman, la nouvelle biguine d'Alexandre – de son étrange voix de rivière profonde, endormie sous un bois touffu, qui semblait jaillir – autant que de sa gorge proprement dite – de toute la chair de son buste au modelé aussi puissant et ombreux que les pentes verdoyantes du morne Pichevin!… de chanter, tout ça, ma petite Moman, comme elle avait fait toute sa vie, étant de cette génération née juste avant l'abolition de l'esclavage et qui n'a perçu le bruit du fouet qu'en souvenir; de sorte que si elle disposait les choses dans le même ordre que grand-mère, et les gens dans le même rang, les puissances spirituelles dans une même hiérarchie, du moins acceptait-elle plus aisément que grand-mère une modification dans le tableau de la comédie humaine, animale, spirituelle, au point que son esprit (à cet égard un collier de perles sans fil) ne ressentait pas, devant ceux qui essaient de déranger l'ordre, la même terreur sacrée qui m'avait aliéné grand-mère; mais plutôt une sorte d'étonnement léger, tempéré d'ironie, qui se traduisait en exclamations moqueuses, en regards enjoués par le comique profond qu'elle voyait dans toutes les formes antillaises de l'insubordination, et qui faisait que, depuis que j'avais mordu la main du marin de tante Cydalise, elle ne pouvait pas me regarder sans rire, Moman – quoique tendrement.

Depuis fort longtemps, deux ans peut-être, je me doutais qu'il y avait eu quelque chose entre Raymoninque et Moman ; car, un jour qu'on se croisait sur le sentier, il m'avait retenue par le bras en silence ; puis il avait posé sa main sur ma joue en me regardant du même air que les deux ou trois hommes qui se vantaient d'avoir fait, qui mes yeux, qui ma bouche, qui telle autre partie avantageuse de ma personne. Et, bien qu'en ce temps-là je ne l'aimasse pas comme j'aimais Milo, ça m'avait fait une impression étrange de compter secrètement Raymoninque parmi mes présumés pères. Un peu la même impression que le jour où Man Louise, pour m'effrayer (après que j'eus mordu la main du marin de tante Cydalise), m'eut raconté toutes ces histoires concernant la femme Solitude de Guadeloupe, laquelle était sa maman et par là même, me disais-je, non sans une délicieuse angoisse, m'avait peut-être légué une goutte minuscule de son sang.

Une autre fois, peu après son fameux combat avec l'arbre (dont il avait gardé plusieurs mois ces espèces de cornes de chèvre à son front éclaté), il m'avait tâté les joues, les bras et les cuisses ; puis il m'avait renvoyée cérémonieusement, disant : « Le sang du Bon

Dieu coule comme la rivière Capote : il saute une pierre, enfile un pré, entre on ne sait comment dans les veines d'une petite fille. Adieu petit Monde. Je ne sais si tu es de mon sang : mais si tu es heureuse ici-bas, remercie-moi ; et si la vie se déchire pour toi, pardonne au pauvre Raymoninque. »

Et puis il ne m'avait plus regardée d'une année – indifférent comme devant – jusqu'au jour où je mordis la main du marin de tante Cydalise.

Hormis la question de savoir si oui ou non je sortais de ses graines, mes sentiments d'alors pour lui étaient ceux de la très grande majorité du bourg, – Moman exceptée : admiration pour le plus « angélique » batteur de tambour N'goka à la ronde ; et crainte irrépressible envers ce grand nègre fou, aux petits yeux de rongeur, larmoyants et cruels, et rouges d'on ne savait quelle nuit de soukougnantise, de sorcellerie et de « transformations » de toutes sortes. On le savait capable de tout. On disait qu'il avait « haché » deux gendarmes français, en 1870, lors des événements de Fort-de-France. On disait aussi qu'un brave avait osé lui allonger sa vérité, une fois, dans l'année qui suivit le cyclone : « Sais-tu mon cher, tel que tu vis, c'est tout bonnement un démon que t'es ; et sais-tu que tu vas brûler en enfer, comme brûlent tous les démons ?…»

– Oui, avait dit Raymoninque, je suis un démon et je vais brûler.

Et c'était tout ; mais prononcé avec un tel air de détachement, d'indifférence et de conviction banale, qu'on n'aurait pas pu « glisser le poil d'un œil dans ce que ce diable-là avait dit ! »

Le jour où je mordis la main du marin de tante

Cydalise, il m'attendait sur le sentier : visiblement joyeux.

– Qu'est-ce que j'ai entendu : que tu te serais mise à la viande des Blancs ? Ah, quelle nouvelle, mes amis… on n'a jamais vu ça !

Je le toisai, furieuse :

– Monsieur Raymoninque, à ce qu'on dit : *celui qui n'a jamais vu quand il voit il devient fou !*

Et je me raidis d'une pièce, attendant les yeux fermés la bourrasque. Mais déjà il m'avait saisie par la taille et me lançait en l'air, comme si j'étais enfant et non pas une grande fille de tantôt dix printemps, qu'il faisait voltiger, au-dessus de sa tignasse, en poussant des rires, mon Dieu, quels rires… qui jaillissaient, du fût de sa poitrine, comme les roulements d'un tambour N'goka heurté par de ces longues mains à spatules, aux ongles luisants comme des dents : oh dites-le, dites-le, les mains de Raymoninque par exemple !…

Nous étions amis : cela dura six mois ; jusqu'au jour de son arrestation, après qu'il eut provoqué et haché menu le contremaître de l'usine Guérin.

Il habitait une petite case bien juchée sur quatre énormes pierres et qu'il quittait le matin, au lever du jour, son petit chapeau de feutre noir et sans forme sur la tête, une besace à l'épaule un peu penchée vers le sol… Il avait travaillé plusieurs années à l'usine Guérin, comme cuiseur du gros sirop et, plus spécialement, au « grainage » des pieds de cuite où il faisait merveille, plus habile que les meilleurs de la Barbade à *prendre la preuve du sucre*. Mais, depuis la grande grève à la mort, on le refusait partout… alors il s'était mis à enfiler le chemin de la forêt, tous les matins, son porc sur les talons ; et il s'en allait bien loin de tous « jardins » cultiver un court morceau de clairière, au milieu duquel une hutte de feuillage l'abritait les jours de pluie.

En dépit de Man Louise – pour qui c'était le plus grand « infernal » de la terre : *un vrai volcan qui crache ; c'est Lucifer lui-même qui souffle dans chacune de ses paroles –,* j'avais pris l'habitude d'aller partager son repas au milieu de la forêt…

Souvent, il me recevait sans un mot ; la visite s'écoulait ainsi, dans un silence complice ; à peine entrecoupé, de temps à autre, par la chanson de Raymoninque, sa chanson à lui, aussi personnelle que son sabre, et qu'il se réservait pour les jours de grande misère intérieure :

> *Couteaux coupez*
> *Ciseaux ouvrez-vous*
> *Pour votre malheur*
> *Je ne suis pas un poisson*
> *Qui se laissera hacher*

Mais parfois il me permettait de lui adresser la parole ; et d'autres fois il me répondait – avec un entrain, une gaieté, une douceur surtout que nul habitant du morne Pichevin n'eût soupçonnés. Je lui répétais tout ce que disait Man Louise à son sujet, depuis qu'elle menait contre lui, par mon intermédiaire, une espèce d'enragé et de considérable combat spirituel ; – *pour sauver mon âme*, précisait-elle avec affliction. Mais surtout je lui répétais tout ce qu'elle « crachait » sur la femme Solitude de Guadeloupe ; et Raymoninque, à son affaire, retournait ensuite le propos de Man Louise comme un simple gant, – ce qui ne laissait pas de me mettre chaque fois dans une liesse extraordinaire !… Il eut même, à plusieurs reprises, de véritables larmes dans les yeux pour me vanter la femme Solitude de Guadeloupe, qui était, selon lui, selon son cœur, selon sa Connaissance de Nèg' Brave… «une négresse définitive, un grand morceau de Monde, ouaye !…»

Notre seul conflit fut à propos de mon baptême, que je refusais lâchement de renier ; mais, hormis ce détail, il y avait entre nous un accord si parfait que je croyais voir les pensées de Raymoninque s'envoler – et la couleur joyeuse ou sombre de leur plumage, le contour effilé de leurs ailes – tandis qu'il se redressait, entre deux lancées de sa houe, et, les paumes calées sur l'extrémité du manche, braquait un court regard de défi vers les hauteurs bleues des grands arbres, ses compagnons… *Écoute, enfant Mariotte : nous avons nommé Résolu le plus bel arbre de nos forêts, aussi le plus fier : celui qu'on abat le plus !…*

Alors pourquoi, s'il me «considérait» un peu, ne m'a-t-il fait aucun signe, dit aucune parole, adressé nul regard tandis que je trottinais à ses côtés le jour où les gendarmes à cheval ont fixé la longe à la chaîne qui maintenait ses poignets derrière son dos ; et lui ont fait traverser le village, ainsi, traîné comme un sac, jusqu'au débouché du sentier qui descend vers Saint-Pierre ? Et pourquoi ne m'a-t-il fait aucun signe, lancé aucune parole, adressé nul clin d'œil tandis que je trottinais à ses côtés les yeux fixés sur lui, au point de manquer les roches, et tombant, me ramassant, tombant encore, cependant que les pieds déliés et un nœud coulant autour du cou il s'en descendait vers son destin de prisonnier, calmement, derrière le cheval qui tendait la corde, et suivi à une dizaine de mètres par un groupe d'hommes qui protestaient, comme à l'ordinaire, contre le maintien de cette coutume des temps anciens ? Pourquoi ce regard froid, ce regard blanc, ce regard rouge quand à son tour il a manqué une roche et s'est retrouvé allongé par terre, le cou pris au nœud coulant et la langue sortie d'une main, cependant que ses yeux me fixaient avec haine ? Et si l'avait humilié le fait de rouler à mes pieds, pourquoi, par le Christ, tandis que je demeurais clouée sur place, vomissante, les regardant qui dévalaient le morne – les gendarmes reliés au ciel par leurs chevaux, et Raymoninque, et la petite troupe absurde sur ses pas –, et puis qui rapetissaient, confondus maintenant avec leur propre poussière… pourquoi ne s'est-il pas retourné une seule fois dans ma direction ? Et quand il n'est plus resté, dans le fouillis végétal des Grands-Fonds, qu'une mince volute de poussière qui signalait le passage des chevaux, pourquoi Raymoninque n'a-t-il pas poussé, à mon intention, quelque clameur qui m'eût rendu la confiance… rassurée sur mon compte et le sien… encouragée à persévérer dans la voie étroite qui était la nôtre… consolée, un instant ?… Pourquoi n'a-t-il pas lancé, de sa bouche ouverte sur la cime des arbres ses compagnons, un mot, rien, une trille, une simple note que j'eusse recueillie en moi comme une eau précieuse ; oui, recueillie dans le creux de ma main, et conservée, après son départ, sans en perdre une seule goutte ?… Oh, pourquoi ?

C'est le cœur percé de ces vieilles questions (non résolues, non résolues… chère enfant) que je suis entrée dans la cellule de Raymoninque, derrière Moman et Mme Tété ; avec cette odeur de viande, sous mon nez, qui m'enivrait, me rendait encore plus folle de crainte, exagérant chacune de mes pensées – comme si j'eusse avalé un grand coup de rhum sec volé derrière une case !…

Dès le seuil, l'ambiance m'a paru aussi plaisante que dans les autres cellules du couloir, qui toutes retentissaient d'éclats de rire insouciants.

Et j'ai un peu cligné des paupières, à cause de la pénombre ; et Moman m'a poussée par l'épaule et je me suis avancée vers Raymoninque, portant devant moi l'écuelle de terre comme à la messe l'enfant de chœur le coussin de soie rouge. Et, après avoir salué le prisonnier, je lui ai présenté l'écuelle en disant que Moman le priait d'honorer son porc.

– Des deux mains, a dit Moman.

Balbutiant une excuse, j'ai posé la main gauche sous l'écuelle et j'ai fait une révérence-esclave à Raymoninque, afin qu'il n'y ait aucun doute, en ses âme et conscience,… que la nourriture lui était offerte des deux mains ; et j'ai ajouté, de mon cru, pour « l'honnêteté » de la personne de Raymoninque :

– Ce n'est rien du tout, trois fois rien, Missié-là ; ce n'est qu'un tout petit plat de porc aux bananes vertes, savez-vous ?

– Avec un jus de piments Tourterelle ?

– C'est ça même, a répondu Moman en souriant.

– Mes amis, aidez-moi, a dit simplement Raymoninque ; et il a battu trois fois des mains, imité par toutes les personnes de l'entourage qui désiraient appuyer ses remerciements à la donatrice.

Puis, il a paru subitement troublé ; et au lieu de saisir l'écuelle que je lui tendais (toujours courbée sous ma révérence : mais le col disloqué vers là-haut, – guettant, vainement, dans les yeux de Raymoninque un signe de notre ancienne complicité), il s'est écrié d'une voix plaintive : « Mes amis, faites-moi vivre… »

Et une voix d'homme a répondu :

– Comment ?… par le nez ?…

Et Raymoninque a dit *oui par le nez* et quelqu'un lui a tendu une pincée de tabac qu'il s'est enfoncée dans la narine, en soupirant d'émotion. Et enfin, pour en finir, il a fait par-dessus ma tête un clin d'œil à Moman et puis m'a remerciée gravement, comme il se doit pour toutes questions de nourriture ; et il a dit qu'il allait y goûter tout de suite, *illico*, à mon plat ; et il me l'a pris respectueusement des deux mains, lui aussi.

Et alors, quand il a soulevé la feuille de bananes étalée sur la portion de porc, tout ce bon manger m'est apparu et l'odeur était si exaltante, désespérante, attendrissante aussi, que je me suis retenue à grand mal de pleurer…

Ce diable d'homme n'a pas touché tout de suite au plat : les yeux mi-clos, la mine rêveuse, il laissait l'odeur l'envahir au point de ne plus pouvoir y résister. Même, il a passé le plat devant chacun d'entre nous, par un raffinement de politesse que nous avons tous apprécié, venant d'un nègre sans feu, sans femme et sans moman comme c'était le cas présentement de Raymoninque. Merci, on a le ventre qui éclate… a dit Moman. Alors le prisonnier, assis sur ses talons, s'est courbé sur l'écuelle ; et il s'est mis lentement à manger et à soupirer, à manger et à soupirer jusqu'à ce qu'il ne reste que quelques gouttes de sauce au fond du récipient.

Il a dit, toujours empreint de la même gravité :

– Et maintenant, un coup de bouteille…

Il a pris sa bouteille ; il a versé une petite quantité d'eau dans le fond du plat, comme il convient ; il a remué le tout avec ses doigts et bu jusqu'à la dernière gorgée, soigneusement, sans faire le moindre glop. Enfin il a dit (mais cette fois en riant) :

– *Ventre éclaté, bon manger pas gâté !*… Ah, si les Blancs savaient combien cette petite soupe peut donner de la force, ils ne s'en priveraient pas !

Et, à sa manière enjouée, j'ai vu que la prison avait effectivement «ramolli sa viande», comme le bruit en courait…

Moman a attendu qu'il se mouille le bout des doigts et s'essuie ; puis, s'avançant d'un pas, elle a relevé sa jupe de cotonnade en «rivière salée», et elle a fait une petite révérence «pour» Raymoninque ; ce qui a découvert très largement (but de l'opération) les chaussures qu'elle avait mises à son intention. Les muscles du visage de Raymoninque ont tressailli ; et il a dit très finement, paraphrasant le proverbe : *C'est en prison qu'il faut aller… pour connaître son meilleur ami.* Alors Moman, satisfaite, s'est assise par terre pour enlever ses chaussures ; et, tout en frottant ses pieds endoloris, elle a raconté ce qu'il en était de Man Louise et du motif premier de notre descente à Saint-Pierre.

Après son exposé, tout le monde a gardé une minute de silence ; car les paroles de mort volent bas, lourdes qu'elles sont du péché et de la souffrance. Oh là là oui, qu'on y était de tout cœur, avec elle !…

Gagnée, elle aussi, par la solennité, Moman attendait on ne sait quoi. Un ange passa. *La mort est vieille et jeune*, dit quelqu'un. Et une autre voix s'étonna : *Man Louise, pas possible ?… une si petite souris, qu'on a bien cru qu'elle était éternelle ?…* Et Moman, tirée de sa torpeur et à nouveau souriante, déjà : *La souris est petite, mais elle a son âge…* Et puis la voilà, Hortensia-négresse dite la Lune, vive comme argent comptant, qui se relève avec prestesse et, attrapant Ti Molocoye des bras de Mme Tété surprise, qui le tend du même coup à Raymoninque en s'écriant, musicale, ruisselet sautant sur roche : « Les uns s'en vont et les autres s'en viennent ; que penses-tu de mon dernier, cher ?…»

Raymoninque a pris le bébé à bout de bras et l'a soulevé au-dessus de sa tête, songeur ; et l'on n'avait pas de peine à voir que le bougre était content de ce Petit Monde et le trouvait beau. Et il a dit lentement, les traits un peu contractés par la joie :

– Ton enfant peut dire qu'il est laid, oui, maman ! Cet enfant est laid par méchanceté ; il est plus laid que le cri de quelqu'un qui souffre !

Et Moman a répondu, en faisant mine de se fâcher et de vouloir reprendre Ti Molocoye :

– La beauté ne va pas au marché, *Missié !* Comme tu vois ce Petit Monde, sa chance est là, avec lui. Alors ne te tracasse donc pas, mon cher… Et toi va-t'en, va, va te cacher sous une pierre ; car tu as moins de cœur qu'une sangsue : voilà.

Et Raymoninque de rétorquer, impassible :

– Cœur ou pas cœur, tu peux dire que cet enfant est un drap sali, une nuit gaspillée… c'est tout.

Et Moman de répliquer aussitôt, à vive allure – sans s'apercevoir, la pauvre, qu'elle souriait de contentement :

– … C'est tout, oui… Mais il t'allongera peut-être un jour deux sous pour que tu boives ton rhum. Va, ce qui attend un homme ne le laisse jamais : et même pris au bord d'une rivière qui déborde, si ce n'est pas son heure… l'eau ne l'emportera pas. Est-ce qu'on le sait, ce qui vous attend ?… Mais toi, mon cher, tu parles grassement ; et personne n'empêche le chien d'aboyer. Alors qu'est-ce qui vaut mieux ? ni l'un, ni l'autre.

Et Raymoninque souriant :

– Alors… Hortensia ?

Et Moman, gonflée de joie :

– Comment ça va, Raymoninque ?

Et toute l'assemblée qui gardait le silence, devant cette amitié que se portaient deux personnes d'âge mûr…

Alors, pour couper le silence, Mme Tété s'est avancée de deux pas et, attrapant ses énormes seins, auxquels elle devait son surnom, elle s'est mise à pouffer de rire au point que ses joues en étaient gonflées comme des pastèques.

Et on l'a bien vu qu'elle s'apprêtait à en raconter une drôle, une excessivement rigolote ; car, non moins subitement, elle s'est arrêtée et elle a regardé Moman, d'un air interrogatif… que ça voulait dire si… en dépit de son deuil, imminent… ? Et Moman a posé la main sur l'épaule de Mme Tété, qui s'est aussitôt regonflée, pire qu'un poisson-lune ; et puis qui a éclaté en une cascade tumultueuse de rigolade, qui n'en finissait pas…

Quand on a vu qu'elle s'étouffait, tirant la langue, et gémissant, entre deux quintes,… on lui a asséné de grandes claques dans le dos, à cadence régulière, jusqu'à ce qu'elle soye en mesure d'avaler un verre de rhum. Et Moman, de sa main libre, lui tirait avec inquiétude le lobe d'une oreille, disant : *Ne t'étrangle donc pas, ma chère, s'il-te-plaît…* Et moi, pendant toute cette affaire, je me suis glissée derrière Raymoninque et j'ai léché les feuilles de bananier qui avaient enveloppé sa portion de ragoût – et auxquelles adhérait, encore, un léger goût de viande. Et quand j'ai eu tout léché, j'ai vu que Mme Tété respirait bruyamment, tandis que Moman lui caressait doucement le cou et les épaules ; en lui donnant, de temps à autre, pour faire aller le sang, un coup du plat de sa main libre sur le derrière !…

Finalement, Mme Tété a ri une dernière fois, pour bien montrer que ça y était ; et elle a dit, les traits brusquement figés d'attention, comme si elle craignait de retomber dans un excès de rigolade :

– Tu le connais… Marcello-Barrique… de derrière la ravine ?

(Et Raymoninque de hocher sentencieusement la tête, en vieil habitué du morne Pichevin.)

– … Alors figure-toi, hier soir, rentrant de ses écrevisses, le v'là tout d'un coup qui décide de se pendre : ouaye ! Mais pas de corde et vloop, il descend à la boutique du Syrien acheter une corde pour se pendre : mais pas de sous, ha… «C'est seulement pour me pendre, monsieur Abdullah, qu'y dit : tout à l'heure vous viendrez la chercher dans ma case, votre corde ; et à six sous le p'tit bout de pendue... vous comprenez-t-y, monsieur Abdullah... ? » « Ah non, ah non, que répond le Syrien, vous c'est un trop bon nègre, monsieur Marcello-Barrique ; et moi... »

– Mais pourquoi ?...

– Pourquoi quoi ? dit Mme Tété, un rien fâchée de l'interruption.

– ... Qu'y voulait se pendre, ce nègre ? dit Raymoninque, l'air grave, inquiet, scrutateur, comme s'il ne distinguait pas clairement le motif à rigolade.

Mme Tété haussa les épaules, déroutée par une telle question :

– Pourquoi ton pourquoi, mon cher ? Ah, monsieur Raymoninque, ne soyez donc pas toujours à vouloir compter les œufs dans le ventre d'une fourmi rouge !... Quand qu'y s'agit de se pendre, le nèg' a-t-il besoin d'un pourquoi, de la moitié d'un pourquoi ? Et pour te dire la vérité, missié Raymoninque : je te trouve un peu trop *contrôleur* à mon goût, voilà...

– Mais tout de même... protesta Raymoninque.

– ... *Pa ni tout-de-même :* chantez pour une bourrique, elle vous donnera des crottes !

Au fond de la cellule, une voix d'homme prononça avec reproche :

– Allons Raymoninque, pas tant de pourquoi siouplaît : *pisque nèg' né malhéré,* alors bon, mon cher !

Sur quoi Mme Tété, les intestins resserrés par l'envie de rire, et, conjointement, la colère suscitée par l'interruption de Raymoninque :

– Il y en a des qui demandent pourquoi se pendre, au lieu de tendre l'oreille à un bon-petit-joyeux-conte : mais y donnent des coups de sabre pour la même-raison-pareille !

En ce temps-là, Raymoninque était un être long, maigre de torse et de jambes, mais aux bras frémissants à tout instant de leurs muscles mouvants comme des vagues. Il n'était pas noir-noir, plus noir que noir, comme on disait : sa peau, bien tendue sur la vigueur de ses os, avait des reflets insolites, des sortes de lueurs marines, fanaux perdus, qui ondulaient sous la nuit de l'épiderme – ainsi, de près, il semblait plus insaisissable qu'à distance. Et ses yeux pouvaient être grands, fulgurants de cette lave en réserve dans son corps ; mais, pour l'ordinaire, ils étaient à moitié recouverts de paupières un peu rosâtres, comme des paupières de coq malade.

Il vous battait, Raymon, le gros tambour N'goka aussi bien que ses ancêtres d'Afrique, c'est-à-dire : avec la fougue d'un amant ; la délicatesse, douloureuse, d'un Vray-homme pour sa fille ; et le respect qui fait hésiter les doigts, au bon moment, quand la peau du tambour rendue toute chaude, odorante, se met à vibrer toute seule, dirait-on, et que le batteur devient l'instrument de la musique secrète qui coule dans les veines des hommes, dans les branches des arbres et le contour sinueux des rivières.

Quand Raymon avait battu toute une nuit, il devenait presque doux et souriant ; et certaines langues estimaient que sa « méchanceté » descendait, par le tambour, dans la terre. Mais, le lendemain, il redevenait d'autant plus redoutable que son jeu préféré était précisément de défaire le « jeu » des uns et des autres : les masques derrière lesquels nous essayions, tant bien que mal, de nous mettre à l'abri des mille Martinique qui se déchiraient sur un même bout de terre, dans une même cage aux grilles aussi insaisissables que le ciel… Martinique aux multiples races engagées dans un corps à corps incessant, où les armes du sexe sont forgées dans l'acier du mépris ! Oh, Martinique tout engluée dans les fils insidieux de l'esclavage, telle une larve encore indistincte de son cocon !… Martinique secrètement infernale, où chacun offrait (offre ?) à tous l'envers de sa douleur : son masque, son bouclier presque toujours illusoire ; son «jeu», comme nous disions, pour désigner l'étrange partie où chacun est engagé pour éviter les atteintes d'autrui, et – le mépris de soi.

Mais, toutes ces comédies, Raymoninque les aplatissait comme une galette. On ne pouvait le situer à aucun degré de cette échelle du mépris qui se dresse au-dessus de l'île, telle une tour de Babel lentement accumulée par des siècles d'écrasement et de Crime. D'un mot, il arrachait un barreau. Il disait par exemple : Le Blanc méprise l'Octavon, qui méprise le Quarteron, qui méprise le Mulâtre, qui méprise le Câpre, qui méprise le Zambo, qui méprise le Nègre, qui méprise sa Négresse, qui méprise le Z'indien, qui méprise sa Z'indienne, laquelle… frappe son chien, ha ha ; et moi Ray Raymon Raymoninque, je vous regarde tous et je ris en moi-même ; et si vous me demandez qui est mon frère de sang, je vous dis que c'est le chien !

Nul ne trouvait grâce à ses yeux, exceptée Hortensia-négresse-la-Lune et deux ou trois anciens camarades de travail et de rhum ; Man Louise trouvait ce nègre rouge pire que Judas, qui avait vendu esclave Notre-Seigneur ; et le surnom par lequel certaines personnes «l'épinglaient», hors sa présence, était : *la Mort marche*.

Avant son duel avec le contremaître de l'usine Guérin, et avant son combat avec l'arbre, il y avait eu tant de rixes avec les hommes et tant de combats absurdes avec les choses, que l'on comparait, volontiers, la «position» de Raymoninque dans la vie à celle d'un rat pris au piège et qui montre les dents et qui, de fureur et d'impuissance, en vient jusqu'à ronger ses propres entrailles!… *La dent du rat ne connaît rien : ni Dieu, ni Diable!…*

Même une fois en prison, ses visiteurs y regardaient à deux fois avant de l'entreprendre ; car la parole qui sortait de son corps n'obéissait à aucune loi connue : elle sortait «tout bonnement» et roulait, caressait ou griffait comme un animal. On lui avait enlevé son sabre ; et, paraît-il, qu'on lui avait «ramolli sa viande». Mais on citait aussi le cas de personnes qui avaient laissé courir leur langue devant lui et qui ne s'en étaient sorties qu'en appelant le gardien à l'aide, parole!… Mme Tété n'avait pas sa langue dans sa poche ; mais elle ne la laissait pas non plus courir par les chemins. Elle-même parut toute surprise de ce qu'elle venait de lâcher à Raymoninque, sous le coup de cette émotion, sous le coup de cette tension atroce qui la nouait à vouloir raconter une histoire rigolote sans se tenir, à tout de bout champ, les côtes… Quant à moi, j'avais surtout remarqué la comparaison qu'elle faisait de Raymoninque à une bourrique (laquelle, par surcroît, ne donnerait que des crottes!). La gravité de ces propos ne m'échappait pas. Et, voyant le nègre se redresser comme un ressort, debout d'une pièce, je me suis dit, non sans une sorte de joie venimeuse, que Mme Tété allait en avoir pour son compte à lâcher des bourriques et des crottes sur un grand et beau (quoique terrible) morceau de Monde comme Raymoninque!… Alors non!…

Mais pas du tout : s'étant mis debout sous l'insulte, Raymoninque demeurait les bras ballants, la bouche close, avec quelque chose dans le regard que je ne pouvais pas voir, car son œil encavé ne m'apparaissait que de profil… Et Mme Tété ne semblait pas inquiète pour son « corps », au contraire : elle fixait Raymoninque avec, sur sa bouche entrouverte, une sorte de frisson hilare qui plissait ses lèvres comme de la fraise de veau.

– Le nègre est couillon, Moman… murmura Raymoninque avec douceur.

Surprise, je me suis glissée derrière les fesses de Mme Tété, et, d'un coup d'œil, j'ai compris que Raymoninque ne s'était pas levé pour chevaucher Mme Tété, ni aucune âme vivante de l'entourage. Il s'était mis debout, sous l'insulte, par une sorte d'habitude ; mais il ne se frappait pas les tempes du poing, comme font les hommes de chez nous quand ils sont humiliés ; et, si les traits de son visage étaient immobiles, ses yeux riaient, à l'intention de Mme Tété, avec une sorte de lumière étonnante, derrière les vitres humides du regard, une lumière de grand matin, un peu rose, peut-être, à cause de tout ce sang qui courait depuis toujours dans le blanc de ses yeux…

Il a répété :

– *Nèg' cé couillon*, Moman…

Et puis il a dit, avec une saveur émouvante de tristesse :

– Reprenez donc votre joyeux-petit-conte, madame Tété… faites-le pour la faveur de moi, siouplaît…

Et, non sans une pointe de jalousie, j'ai constaté que voletait dans ses yeux la même lueur paternelle qu'il avait eue, autrefois, pour Mariotte-enfant Câpresse, quand il me regardait d'un air de dire : « Voyez-moi ça… voyez comme le Bon Dieu fait drôlement ces gentilles-petites-bêtes-là… »

– Vous le permettez-t-y ? a dit Mme Tété.

– … Pour la faveur de moi…

– … et vous ne me la couperez plus, ma parole ? a poursuivi Mme Tété, anxieuse, à nouveau convulsée par son mal hilarant.

Et Raymoninque de hocher pensivement la tête ; et tout le monde de s'esclaffer cependant que Mme Tété serrait les poings, ses bras roidis comme une accouchée ; et creusait et mordait et suçait l'intérieur de ses joues pour ne pas être emportée par la vague.

Finalement elle s'est contenue et, après avoir murmuré d'un air souffreteux, extatique : *Seigneur, assistez-moi…* elle a repris sagement son récit à la maille interrompue :

– … Et vlooop, voilà donc notre Marcello qui sort de la boutique, sa corde à la main : mais plus la moindre envie de se pendre, ouaye !

– Ha ! ha ! a fait quelqu'un dans la cellule.

– Haha quoi ? a fait Mme Tété, douloureusement. Je vous préviens, monsieur Anatole,… je vais crever tout bonnement… si vous continuez… heu… vos ricanades : cessez mon cher ; cessez plaît-il ; cessez merci.

– Haha rien, concéda la personne.

– Bon, dit Mme Tété.

Et elle a repris, sereine :

– … Alors voilà notre bon Marcello qui s'élance hors de la boutique et commence sa ronde : « Man Louise chère, comme tu me vois, là, ici présent… eh bien je vais me pendre ! » Et Man Louise qui veut le faire rentrer dans sa case et qui lui dit, toujours compatissante : "Eh non Marcello-Barrique, eh non mon cher, ce n'est pas possible ; il ne faut pas faire ça, vois-tu… La mort est vieille et jeune et tu as encore un bon temps à prendre. Tu ne vas pas mourir pour une femme, par hasard ? De mon côté, personnellement, je ne vois aucun homme qui vaille ma mort, hi, hi…"

« Et Marcello déconfit s'en va et passe devant Ti Roro et lui dit qu'il va se pendre : "Écoute Marcello, après la mort les petites bêtes. Ici au moins, tu as ton rhum ; alors bois-en un coup et attends demain…"

« Mais tout ça ne fait pas l'affaire de Marcello, vous pensez bien… Alors il lâche son *hem hem* et passe chez le vieil Orémus et lui dit qu'y va se pendre *illico* : "Écoute Marcello-Barrique, tu cherches la malédiction. Tu t'es déjà mis avec une chabine maudite et tu taquines le démon. Prends garde mon cher, ce sont là choses sérieuses et le plus beau c'est que tu vas te retrouver pendu pour de bon ; car une fois que le mot de pendu a été prononcé… si tu fais mine de te mettre la corde, aussitôt hop, le Diable tire le nœud coulant !… Et te voilà sous terre à compter péchés !… Alors fais attention à tes paroles, mon ami ; tu vieillis, tu auras toujours le temps de mourir, ne t'inquiète pas pour cela…"

« Et Marcello qui s'en va, mais vexé-mortifié cette fois, plus rageur que mille diables… Et voici que passe Eluther sur le bord du chemin… "Écoute, Eluther, c'est très grave ce que j'ai à te dire : comme tu me vois ici présent, mon cher, je suis fermement décidé à me pendre *illico-presto* !…"

– Ha ! ha ! refit la personne dans la cellule.

– Haha ? fit Mme Tété, devenue grisâtre.

– Non, fit la personne.

– Bon, dit Mme Tété. Alors figurez-vous, ce jeune malandrin d'Eluther ne lui répond pas mais lui saute sur le grappin, tc lui prend la corde des mains et file comme un cabri à travers les mornes, s'arrêtant devant chaque case, montrant la corde et disant : "Regardez la corde avec laquelle Marcello veut se pendre… Vous savez, Marcello-Barrique,… celui de derrière la ravine ?… Ah ah aha aha aha ah !…" Et tout le monde de rire et de monter chez Marcello pour le taquiner : "Alors Marcello, tu veux te pendre ?… Ah, mon cher, quelle vie, ah ah !"

Et Mme Tété, qui avait débité la fin de son histoire d'un trait – sans sourciller, en dépit de l'allégresse générale – a répété une deuxième fois, du même ton grave, réfléchi, contenu : « Quelle vie, ha ha !…» Puis, sa tâche accomplie, elle a essayé de donner libre cours au rire qu'elle avait si bien verrouillé jusqu'à présent ; mais impossible : elle était nouée.

Alors, elle s'est donné une grande claque sur la poitrine, pour desserrer sa respiration bloquée ; et, la voyant bouche ouverte, qui s'efforçait âprement de rire, Raymoninque lui-même (quoique y allant à contrecœur, me semble-t-il aujourd'hui) est tombé par terre, comme un sac, au milieu de toute l'assistance en folie. Et finalement Mme Tété s'est écriée d'une voix de stentor : *Jésus !*… et tout doucement d'abord, puis s'échappant à gros bouillons, son rire est sorti d'elle et s'est mêlé au nôtre, en toute liberté…

Et puis, à notre grande surprise, au moment de partir, après que le gardien aye frappé deux fois à la porte, elle s'est approchée de Raymoninque et lui a demandé avec précaution si la prison ne lui pesait pas trop… Elle a hésité, et, songeant à toute cette épaisseur de rire que Raymoninque lui devait, elle a ajouté timidement :

– Croyez-vous que ce coup de sabre a valu votre liberté ?

Raymoninque a pris la main de Mme Tété et l'a tapotée, de façon rassurante, comme on use envers un petit enfant ; et nous avons tous vu que la prison avait effectivement «ramolli sa viande». Et il a déclaré doucement, de cette voix calme qui était la sienne maintenant :

– Oui, madame Tété, je suis en prison… mais je vous assure que je suis en prison pour quelque chose ; et si j'en sors un jour, ce ne sera pas pour me coucher devant un Maître. Je suis content de moi, content tout bonnement… et mon «port d'âme» est en paix. Voyez-vous, les Blancs peuvent me guillotiner ; mais tant que ma tête sera sur mes épaules… je sais maintenant qu'elle sera droite. Oui ma chère, je suis content… vraiment content. Adieu donc, mes doux amis. Et merci de vos bonnes manières. Et toi Hortensia… donne le salut à Man Louise et dis-lui que Raymoninque est enfin content.

Il hésita, et, se ravisant :

– Et puis… ne prononce pas mon nom. Dis-lui seulement que le tambour ne l'oubliera pas : qu'elle sache.

La voix de Raymoninque a repris comme un disque enrayé, devenu à lui-même son propre écho : *qu'elle sache, qu'elle sache, qu'elle sache...* et, entre mes paupières un peu entrebâillées, mes yeux m'ont livré, comme à travers un rideau de soie pourpre, des fantômes de tables et d'autres ombres agglutinées dans le coin gauche de mon champ de vision. Puis le réfectoire m'est apparu en sa lumière de mort ordinaire, en toute sa tristesse désolée, décolorée, tel quel ; et j'ai même reconnu, dans le crépuscule montant d'un après-midi d'hiver, la petite coiffe noire de la Jeanne qui semblait m'observer, à quelques mètres, toujours assise à la même place, en sentinelle, sur le banc où se languissait le domino d'amour.

Voyons, voyons, que s'est-il passé ensuite ?... me suis-je dit aussitôt, avide de me rejeter dans le fleuve du passé, dans cette rivière souterraine que je venais de découvrir en moi, avec un indicible étonnement – comme une veine de sang au milieu des chairs mortes, pétrifiées... Et craintive, un peu apeurée, j'ai lancé un bref regard d'angoisse en direction de la Jeanne, de sa coiffe ; puis n'osant me décider, j'ai longuement cligné des paupières, le cœur en *no man's land*... comme celles d'ici qui ont toujours l'air de nager entre deux

148

eaux ; et finalement j'ai rabattu mes paupières à la manière des persiennes, clac, l'obscurité… cependant que je me disais à moi-même : Alors voilà, nous sommes remontées au morne Pichevin et grand-mère n'était pas défunte. Pour sûr : elle n'était pas défunte. Et j'avais tellement faim de viande – en raison du porc qui m'avait filé sous le nez, entièrement – que je suis allée derrière le cimetière me tailler un morceau de terre blanche, pour calmer mon ventre : de cette terre friable, juteuse dirait-on… avec les gouttelettes de rosée-à-lait qui exsudent entre les dents… Et il y a eu les anolis, oh oui : les radieux anolis… Ils semblaient des brins d'herbe entre les pierres. J'ai réussi à en tuer cinq et les ai fait griller après leur avoir enfilé, dans l'anus, une fine aiguille végétale en guise de broche. Et je me souviens d'avoir chanté une biguine émue en l'honneur de leur âme inoffensive de lézards. Comment était-ce encore, la chanson : *Zandolis zandolis zandolis pas tini pattes pour danser*… (Mais n'était-ce pas, plutôt… ?) Et puis quelqu'un est arrivé au cours de ces agapes : *qui ?*… Et cette fuite à travers le champ de canne, avec la honte brûlante de mon cul nu bondissant, dans les airs, comme une graine exfoliée : *pourquoi ?*… Et l'agonie de Man Louise avec cet incident imperceptible à tous, mais horrible à mes yeux d'enfant : *quel incident ?*… Et puis la veillée funèbre, les roches frappées, sans doute, et l'admirable oraison de Milo : *mais que dit-il, Seigneur, que pouvait bien dire Milo ?*… Et pourquoi simplement, dans ma mémoire, l'image d'une petite fille qui se coule, dans la nuit – ton bleu sur ton noir : mais les yeux luisant comme des torches – entre les tumulus de terre, de fleurs sèches, de coquillages, pour cracher sur une tombe fraîche ? Et cette image, pourquoi est-elle moi-même ? Par quelles voies déraisonnables mon cerveau a-t-il métamorphosé un acte – obscur, mais indiscutablement personnel – en une représentation étrangère : chromo pâli ; enluminure du Temps ; petite silhouette crachant sur le fond bleu roi de la nuit antillaise, apparemment sans raison ?…

Dans mon chagrin d'avoir perdu le fil du passé, j'ai frappé de ma canne sur le plancher et mes yeux ont paru se gonfler, telles des vessies de poisson ; et soudain, regardant à nouveau du côté de la Jeanne, je n'y ai plus vu du tout : la nuit. Sur moi. Mais la vraie nuit, cette fois : celle des yeux et non pas du monde !… Un petit coup de glandes, peut-être ?… Mais n'y étais-je pas allée deux fois, de ma larme, au cours de la journée ; et m'en restait-il encore de quoi pisser la moindre gouttelette, sur les globes rêches, congestionnés de rêve ?…

Alors, ruminant mon sang-froid, j'ai fait comme la Nideaux lors de ses crises de cécité temporaire : tout d'abord agite-moi ces paupières, d'un battement léger, sans fin, comme des ailes de papillon qui s'apprête à l'envol ; et puis ma chère, que ces globes de merde tournent dans leur cavité, tout doux… tandis que tu masses le tour des orbites, à petits coups de sang, à petits coups d'espoir, à petits coups d'angoisse sacrée… Enfin, j'ai soulevé très lentement, très précautionneusement mes paupières ; et, comme les objets m'apparaissaient à mesure, quoique recouverts d'une légère teinte brunâtre, et parcourus de stries pourpres, de lunules, j'ai su que je n'étais pas encore aveugle, pas encore…

Au bout d'un long moment, quelques secondes, quelques minutes ?… le réfectoire a refait son apparition, ainsi que la petite coiffe noire de la Jeanne qui semblait me fixer, triste chouette, entourée seulement de deux ou trois vieillards…

Sans doute la plupart avaient-ils regagné leurs dortoirs ; sauf – l'heure de sortie ayant sonné – ceux qui rôdaient déjà dans le voisinage, en quête d'un mégot à « piquer » ou de l'aumône d'un verre de vin… cependant qu'ils se donneraient l'illusion de la Vie en contemplant les passants, quelque jeune femme, quelque enfant s'il s'en trouvait, par ce temps de neige, dehors…

Et, comme je me disais cela, brusquement tout a disparu, la Martinique, l'asile, tout cela s'est évanoui dans l'air et il ne restait plus devant mes yeux éblouis, constellés, pesants comme des hernies… il ne restait plus que la ration de porc tendue à Raymoninque, l'autre siècle, avec regret,… car je savais que c'était le dernier morceau et qu'il n'y en avait plus à la maison : plus du tout !… Et mon regret d'enfant lui-même a disparu et je ne voyais plus rien d'autre que la ration de porc, enveloppée dans les feuilles de bananiers… ces menus morceaux de viande que le feu de bois Karape avait saisi d'un seul coup, dans leur propre jus : les débris d'os, cuits à fondre sous la dent… et imprégnés de ce parfum de sous-bois après la pluie… de ces herbes que Moman avait voulu laisser là, en témoignage, pour forcer le palais… et qui déroulaient déroulaient leur longue chevelure au milieu de la sauce brillante, scintillante, diaprée de graisse et d'huile confondues… et qui se faufilaient, les herbes, jusqu'au centre de la feuille laquée de bananier… jusqu'au mitan du fragile et précieux petit bassin de sauce, épaisse, tiède, tapissée par les mille étoiles or du migan d'arbre à pain… et encerclée, comme par une margelle, oh mon Dieu !… cette couronne tendre que faisaient à la sauce tous ces tronçons de banane verte !…

(C'est ça, délecte-toi, ô mon cœur ; mais, pour ma part, je refuse de te suivre plus longtemps sur ce terrain. Et si tu continues sur ce ton, je te prends par la peau du cou et je te trempe le nez dans tes ordures sentimentales, vieille salope !… Je t'accorde que cet instant est douloureux : mais, néanmoins, je te prie humblement de garder ton port d'âme… Sans quoi tout s'en va à vau-l'eau de tes yeux !… Bon. J'essaye, mais que veux-tu ? Bon bon bon bon bon bon bon bon bon au fond, c'est tout ce qu'il y a de plus simple à formuler : il y avait toi sur le coffre à pain, et il y avait ce plat de bananes vertes qui dansait devant tes yeux : parfait, nous progressons. Reste simplement ceci, peut-être d'un peu plus délicat : les piments Tourterelle, si onctueux, rien qu'à les voir on frémit, et surtout l'unique et minuscule piment grive que Moman avait piqué juste au milieu d'une rondelle de banane, un piment grive tout ramolli, souviens-t'en… qui s'abandonnait… et dont l'odeur était si fine, si pénétrante, après plus de soixante années… que tu t'es senti glisser, tomber en avant du coffre à pain… te retenant à temps, hop hop, grâce à la canne !)

Alors un peu déconfite, je me suis murmuré à moi-même, tout uniment :

Tu vois, si t'étais restée au pays, toi aussi tu déverserais ton plein de contes dans les pupilles des enfants, comme faisait Man Louise ; et chacun déposerait son offrande dans le creux de ta chemise indienne ; et l'on te tiendrait au courant de tout ce qui se passe, afin de te retenir à la terre… Et même si t'étais défunte aujourd'hui, à l'heure qu'il est, il se trouverait bien quelqu'un pour venir te voir au cimetière – ne serait-ce que le jour de la Toussaint. Et cette personne-là redresserait les conques de lambi chues de ton tertre ; et elle allumerait une bougie, sinon deux ; et elle se pencherait sur moi et prononcerait mon nom. Et peut-être me réserverait-on une chaise à une table familiale, ou bien la berceuse sur laquelle je me balançais – aïeule à mon tour, ouaye ! – et que l'on garderait vide spécialement en mon honneur ; afin que je puisse revenir prendre place parmi les miens, quoique invisible, quand je serais lasse de voyager au-dessus des nuages, entre ciel et terre, là où vont les âmes communes des nègres...

Et j'ai dit à la Martinique, dans ma langue maternelle : *Zotte ki d'l'autre côté d'l'eau, miré moin, couté ti brin... Cé moin, cé moin même ki là : moin la Mariotte, la Marie Bel Chiveux, la Marie Diab', la Marie à Grands-Fonds, la Marie à Morne Pichevin et toutes ces montagnes vertes à nous-là-ça !... Zotte ka tann'?...*

Et, le cœur déchiré, « comme une bouche de poisson qui a mordu », je leur ai tout révélé, aux chères ombres de mon village enfoui sous la cendre du volcan : Comment les Blancs d'ici jetaient leurs parents tout vifs dans la mort, ainsi que des truites au bleu ou de vénérables homards à l'américaine... Comment ils s'y prenaient, leur coupant un à un tous les ponts, jusqu'à l'hospice : tristes plongeurs de haut vol, à l'extrême pointe de la vie, poussés par les regards des familles qui interdisent de reculer d'un pouce : il faut sauter !... Et voici que les proches s'amassent en haut de l'échelle et vous chatouillent les reins de lances épointées avec amour : il faut sauter !... Même si l'on constate, au dernier moment, qu'il n'y a pas d'eau pour vous recevoir : simplement un trou creusé en terre !…

Et je me suis encore dit : *Non, non, je ne veux pas mourir avant d'avoir goûté, une dernière fois, un petit quèque chose de chez nous : et fût-ce un vieux bout de morue sèche, avec une onglée de piment !… M'en aller comme ça… toute nue et crue ?… Non, non, je vous dis, messieurs-z-et-dames : non mille fois non !… Et va savoir si elle la tient toujours, Rosina-Soleil, sa gargote antillaise du coin de la rue Gît-le-Cœur ?… Va donc savoir… Aïe aïe aïe, c'est bien elle qui m'en donnerait, un ti-bout-la-morue, si j'arrivais à me traîner jusque-là.*

Et je me suis encore dit : *Non, non, jamais de la vie, tu n'iras pas ;* et, cependant que je m'interdisais d'y aller, je supputais vaguement quel morceau elle pourrait bien me donner, la bonne Rosina.

Et puis retombant dans le passé, en feuille morte…, je l'ai entrevue la chère négresse, comme il y a un an, qui attendait son autobus sur le trottoir du boulevard Saint-Michel… Aussitôt, je m'étais cachée derrière un platane et c'était comme un rêve de joie et de terreur mêlées, cette belle Congo, à madras, plantée raide au cœur de Paris !… Ouaye, sur sa grosse tête le madras hissé à la tu-veux-me-voir, regarde-moi, c'est-bien-moi ; et les trois pointes vertes et rouges poussant leur défi dans toutes les directions du ciel d'Europe !… A son bras ?… oui, un panier rond caraïbe ; et à ses oreilles de grosses boucles en or, de véritables pommes-cannelle du Pays ; *et, sauf la tension d'alarme sur tes traits, c'était comme si, ma chère, la neige tombant un jour de folie sur Fort-de-France, tu avais déniché un de ces satanés manteaux « de Fouance » pour aller faire ton marché, comme d'habitude, à la*

Pointe-des-Nègres !... Puis l'autobus te happa et ce fut
tout, pour ce jour-là, pour cette année-là : pour cette
éternité-là !...

Et je me suis répété que ça pouvait être n'importe
quoi, qu'elle me donnerait, la fabuleuse Rosina – et
même un petit rien-du-tout de banane verte, trempé
dans du piment –, que ça en vaudrait encore la peine,
une dernière fois... Et cependant je me disais *non, tu*
n'iras pas ; et puis je me suis dit tout à coup que je me
permettrais de sortir, mais à condition que ça soye pour
ramasser des mégots, qui me feraient passer, peut-être,
le goût de la nourriture de chez moi.

Et là-dessus je suis redescendue des hauteurs du
coffre à pain, toute tremblante, frissonnante, comme si
l'on m'avait battue.

Cahier 5

La demie de trois heures sonna au clocher de l'église Notre-Dame-des-Champs : un nuage de suie brunissait contre les carreaux des grandes croisées : c'était le jour qui déclinait sur nous, ainsi qu'un souvenir trop lourd et qui s'enfonce inexorablement dans le poussier de la mémoire.

... Quelques minutes et le portier refuserait de m'ouvrir la porte, car les rares pensionnaires envolés, soit pour un verre, soit pour une aumône, soit pour ramasser des mégots ou pour contempler, dans les passants, une jeunesse enfuie... réapparaissaient couci-couça à l'entrée du réfectoire : les uns se bouchant les narines, par suite du contraste avec l'air du dehors, et hésitant, sur le pas de la porte, avant qu'une injonction vigoureuse ne les fît se jeter à l'intérieur, en un brusque mouvement de suicide ; et les autres se dirigeant tout habillés vers le poêle – en soufflant dans leurs mains violettes et crachant leurs poumons dans des quintes qui n'en finissaient pas.

Le goût imaginaire de la nourriture de chez moi brûlait si fort que je me suis mise à gratter ma gorge, jusqu'au sang, pour l'en extirper... comme faisait la

Peuchemard pour se saisir de son ulcère. Tout à coup, j'envisageai d'aller me pendre au cabinet de l'étage : cette nouvelle n'y était-elle pas arrivée, le mois dernier, qui porta, jusque dans la mort, d'anciens gants blancs de jeune fille – en protection dérisoire contre l'abjection ? Léger râle d'hilarité… qu'avions-nous toutes à évoquer le néant, avec autant de… lyrisme sinon d'emphase ; tout en sachant pertinemment qu'il n'y a plus assez de force, de bonté, d'intelligence dans nos carcasses pour faire le geste libérateur ?… Ou plus assez d'estime pour nous-mêmes ?

Mais, comme à l'ordinaire, la pensée de la mort m'avait fait du bien. Aussitôt, je supputai le temps nécessaire à un saut d'écrevisse jusqu'à la bibliothèque du 6e, où l'on trouve souvent de beaux mégots, tout secs, longs comme des demoiselles… dans le dépotoir de l'antichambre.

– Ça ne va pas, ma grosse ?

– On fait aller…

– Ça ne va pas donc pas, la Marie, alors ?

Me voyant boitiller vers la sortie du réfectoire, la Jeanne avait abandonné son banc au domino d'amour ; et maintenant elle m'interpellait, d'un air inquiet : *Marie ?… Alors ?…* Sacrée souris blanche : tout en faisant mine de s'intéresser aux uns et aux autres, elle n'avait cessé de m'observer… depuis la gouttelette… fumée… Son nez, pincé de froid, me parut bleu et ses yeux semblaient vides, absolument pâles… tandis qu'elle me soufflait, au visage, la digestion pénible qui nous affecte tous les vendredis midi, à cause du mélange que font dans notre assiette et notre ventre la soupe de potiron, la jardinière trop chargée de navets et de rutabagas, et les Petits Suisses au sucre qui ont toujours goût de légumes, aussi assidûment qu'on torche, avant le dessert, le fond de nos assiettes avec un croûton de pain très sec.

Nous arrivions à la grande fenêtre perpendiculaire au vestibule d'entrée ; je désignai le marronnier couvert de flocons, le ciel proche, convulsionné :

– C'est seulement la neige… Nous autres (l'index pointé sur la peau de mon visage), nous ne la supportons pas…

– Et tu crois que les femmes blanches, elles… ?

La Jeanne a ri de ma naïveté ; elle a agité, sous mes lorgnons, ses frêles phalanges qui se dressaient – à travers les gants de laine sans doigts – comme des os dénudés de leur chair grise et floconneuse.

J'ai cru devoir rectifier :

– Excuse-moi : le *cœur* des négresses ne supporte pas la neige.

– Ah bon.

C'est généralement dans l'escalier que nous faisons le mieux la causette, car elle a maintenant autant de mal que moi à grimper. On s'arrête trois fois : avant le coude ; après le coude ; sur la dernière marche de l'escalier. Mais on se pousse vers le mur afin de laisser la rampe à celles qui suivent, et c'est comme ça qu'on taille notre bavette, au gré des apparitions de la Bitard.

Ce jour-là Jeanne était tranquille, car la Bitard, depuis longtemps remontée au dortoir, la supposait en contemplation devant le domino d'amour ; et non pas, précisément, à flirter avec moi. Nous étions au pied du grand escalier de pierre. La Jeanne fit « ah bon » et me cligna de l'œil, ce qui était pour moi le signe qu'il y avait de la tendresse dans l'air.

Secouée par son clin d'œil enjôleur, j'ai fixé intensément les traits de la pauvre fille et, soudain, comme il arrive entre sœurs d'un même Trou, j'ai compris à son visage qu'elle était en train de nous quitter, les dernières semaines (et sans doute ne passerait-elle pas la moitié de l'hiver) : – ces os qui lui mangent l'apparence : cette peau transparente, avec deux coups de crayon bleu autour des narines ; et le cercle gris de l'extrême appauvrissement autour des prunelles… ?

– Tu dis ah bon, ah bon, mais je parie que t'en penses pas un mot : ça ne serait pas, des fois, un petit coup en douce de ta « philosophie » ?

La Jeanne a ri ; je l'ai aidée à s'asseoir sur une marche ; et moi je suis restée debout à cause de ma hanche. On a mis des mouchoirs, un journal et son fichu noir sur la marche de pierre, afin qu'elle n'attrape pas un rhume de fesses ; et la chère âme a dit en souriant, cependant qu'une perle rose grossissait sur son front malsain, à la couleur semblable aux germes de haricots oubliés dans une cave humide : « Dis-moi, la Marie, tu ne pourrais pas me raconter, encore… un petit quelque chose sur… tu sais, chez toi ? »

– Du chaud et du sucré ?

– Oui, et du pimenté aussi : comme votre pounche, à ce qu'on dit…

J'ai dit *pourquoi pas* et j'ai commencé à lui déverser les « couillonades » habituelles qui plaisent aux Européens, et semblaient tant l'amuser, d'ordinaire ; mais elle m'a interrompue, soudain respectueuse :

– Quelque chose qui t'est arrivé à *vous,* quand… petite fille…

Alors j'ai fait comme si je réfléchissais et ne trouvais pas : mais aussitôt, la fine mouche qui me sourit d'une manière indiquant clairement qu'elle savait, va… qu'elle devinait… pourquoi ça m'était impossible… qu'elle les subodorait, tous ces mondes qu'il y avait

162

entre nous et que ça ne pouvait pas se franchir par des paroles !…

Et moi, quand je l'ai vue si bien disposée, je me suis mise à rigoler, longuement, du fond de ma gorge, en bonne négresse que je suis encore parfois ; et je te lui ai susurré, avec délices, comment toute petite fille je croyais que le sang des Blancs est blanc, et ce que ça m'avait fait drôle, un jour, de mordre dans la main du marin de tante Cydalise : *Tu vois, ma petite Jeannette… ça avait fait de petites perles rouges toutes pareilles au sang des nègres et des bêtes… si ressemblantes, en tous cas… si voisines… Alors je me suis ouvert le bras pour comparer, tu comprends, ma souris ?… N'est-ce pas que tu comprends ?… Et alors ça m'a fait drôle… drôle…* etc.

La Jeanne a paru émerveillée ; de mon côté, je me sentais légère comme un papillon d'avoir dit quelque chose d'un peu honnête, sur moi… depuis si long-temps. Et peut-être aussi… le sentiment d'avoir été comprise, que la Jeanne avait vu ça de la bonne dis-tance, ni de trop près, et pas non plus de trop loin… avec le sourire qui convient aux fantaisies innombra-bles inventées par la Vie, chaque jour…

Mais tout à coup, cet air de bonté – un peu forcée –, qu'elle a depuis sa «philosophie», a fait place à une grimace haineuse : et, tandis que ses yeux devenaient fixes, elle a lancé deux ou trois maigres coups de poing dans le vide en s'écriant : «Je te préviens, Pierrot, je rends coup pour coup !…» Puis ses prunelles se sont ranimées, ses yeux ont bougé : son poing est parti encore une fois –, mais sans conviction, comme amorti de rêve : et elle a murmuré d'une voix faible : «Coup pour coup, c'est ma tactique…»

Alors j'ai chuchoté très doucement, pour ne pas

brusquer son cœur : «Jeanne, c'est moi, la négresse…»
et je me suis rendu compte que ses pensées venaient
de se renouer entre elles… Et déjà, sans paraître s'apercevoir de cette «absence», elle me disait du ton d'extase, un peu convenu, qui était le sien en raison de sa
«philosophie» :

– Rouge, hé hé !…

A ce moment, j'ai cru qu'elle allait me dire quelque
chose d'inouï, d'aimable et d'essentiel : car ses deux
mains ont crocheté les miennes et j'ai vu ses gencives
annelées, la flèche noire et dressée de sa langue, et sa
glotte qui remuait furieusement, au fond du palais,
comme si la Jeanne étouffait. Mais c'était seulement
pour murmurer, dans un nouveau songe : *Hé hé…
rouge, hé hé…* Et brusquement elle s'est détournée de
moi : elle a empoigné la rampe de l'escalier, elle s'est
hissée avec une vélocité extraordinaire, en sauterelle
blessée, marche par marche… jusqu'à disparaître dans
le coude… Alors j'ai vu la petite silhouette de la
Bitard, dressée dans le haut de l'escalier, et j'ai compris pourquoi la Jeanne s'était ainsi enfuie.

Et je suis restée, debout, sur la première marche, un
temps qui m'a paru infini…

Le portier, M. Nicolo, est un échantillon d'une soixantaine d'années. On l'aime ou on ne l'aime pas. Et, selon son cœur, on l'aborde avec des monsieur Nicolo gros comme le bras, des monsieur Jean, monsieur le Portier, monsieur le Gardien et même, non sans une légère pointe de tendre moquerie (eu égard à ses états de service pendant la Grande Guerre), monsieur le roi Albert Ier... Ou bien on lui lâche dans le dos les sobriquets de Traîne-couilles, en raison de son orchite pachydermique; de Croche-pieds, à cause de cette infirmité glorieuse, qui fait, de chaque avancée de la jambe droite, un court geste, semi-circulaire, de faux; et enfin de Pet-de-nonne, pour bien marquer qu'il doit, précisément, à sa carrière para-ecclésiastique, les hautes fonctions dont il jouit à l'asile.

Son prédécesseur, le 8 du B, est parmi nous depuis un an. Il en est ainsi de tous les portiers, paraît-il : ils arrivent sur la soixantaine, encore jeunes, fringants ; s'installent dans leur maisonnette, d'où ils nous observent avec curiosité ; grisonnent, s'enrhument, déclinent, s'abandonnent brusquement : glissent dans le Trou.

M. Nicolo vient d'un couvent de sœurs Augustines où, depuis l'armistice lointain – quoique inoubliable – de 1918, il a mené une vie digne et active de bon-àtout-faire. Maître Jacques et valet de cloaque : sans danger pour les demoiselles. Il ne semble pas zélateur vrai d'aucun culte ; et, bien qu'il porte croix et bannière catholiques, on ne saurait, à moins de lui causer un préjudice grave, le classer dogmatiquement parmi les primitifs de la Trinité.

Et cependant, il a gardé de son séjour chez les Augustines une certaine odeur d'encens, un parfum de moisissure ; la paupière basse, le col penché ; une patte molle ondoyant à sa voix aux lents accents de violine ; et surtout, un grand œil d'amande,... aimant sans trêve et sans discontinuer les pâles copies de Notre-Seigneur : *de l'âme,* en un mot. Ceci du moins pour un certain public : les Sœurs et leurs apparenté(e)s. Car il est fort instructif, à de certains moments, de le voir quitter cet habit de Porte-Dieu pour redevenir ce qu'il est : un vieux monsieur à casquette, un antique groom plein de douceur avec une bonne tête de cocker anglais, moustachue, légèrement mafflue... Un humble et timide échantillon d'humanité : racine aveugle et sans dents, à demi morte de s'être tordue un million de fois, sous la terre, sans comprendre...

Je l'appelle secrètement l'Ahuri ; car ses gros yeux vert bouteille, suspendus comme des pendeloques à sa calvitie, bougent, tressaillent, en permanence, avec une sorte d'hésitation anxieuse... le long de ses joues mangées par la paupière inférieure distendue... Il m'amuse... Sa façon d'être gentil avec les *dames*... Je le trouve un peu comique même, avec ses privautés pusillanimes, cette manie de nous demander des faveurs singulières, nouées de rose, en échange de certains passe-droits... Chacune sa spécialité, que voulez-vous... faut ce qu'il faut : à Mme Cormier c'était feu son beau sourire de femme à graisse orientale,... si pur, suave, rafraîchissant, avec les gencives demeurées pleinement rouges et son râtelier intact, juvénile,... qu'on aurait dit des perles ; la Jeanne, c'est deux mots bien sentis sur sa « philosophie » ; Mlle Crevette doit y aller d'un couplet, et la Peuchemard, s'offrir au baise-main !... Etc. (Quant à moi... bah !)

Il m'amuse, il m'amuse, il m'amuse !... Et le plus drôle, peut-être, c'est qu'en dépit de son bel âge, de son orchite éléphantiasesque, de sa faux à couper les courants d'air et de son air boniface, de sa timidité vert bouteille, on subodore, chez lui, dans son attitude envers les *dames,* une sorte de distance qu'il n'a pas envers ses pairs, ses compagnons : les représentants locaux du sexe masculin. Vrai, ce bonhomme m'amuse, m'amuse... Envers nous autres, gent à gésines et lactations et menstrues,... une sorte de léger mépris qui ne saurait venir de son propre esprit – inexistant –, et qu'il faut bien supposer infus au plus profond de ses veines, sinon dans le grand sac de peau et de proliférations adipeuses qui lui tient lieu de virilité !... Mépris involontaire, inconscient, sans doute, chez cet être trop volatile pour supporter un sentiment fort ; mais qui lui donne parfois une certaine aura d'ironie, lointain feu follet... et met dans ses grands yeux vert bouteille une touche légère, infinitésimale, du plus ancien, du plus modeste et du plus indéracinable « racisme » qui soit : celui du pénis contre la matrice.

Ah, pauvre de nous matricielles, avec nos humbles museaux-de-tanche nageant en eau profonde, sous les herbes du corps !... Que n'avons-nous, comme tous les paysans du monde, de ces charrues, de ces houes glorieuses qui ouvrent le ventre de la femme... motte de terre humide, à peine vivante ?... Que n'avons-nous, tels nos Seigneurs et maîtres, tels ces Chevaliers sans

peur et sans reproche… de ces cimeterres, de ces coli-
chemardes, de ces sabres et de ces épées de chair à
passer un corps blanc, noir, ou rose, à leur fil terri-
fique ?… Que n'avons-nous, tels ces mélomanes d'al-
côves occidentales, de ces archets stridents à courir sur
la panse évasée de quelque stupide violoncelle à deux
pieds ?… Que n'avons…?

(Il est vrai, nos braves nègres des Antilles ont choisi
l'appellation modeste de «coq», pour désigner la
splendeur du pénis. Ni charrue, ni épée, ni archet téné-
breux et romantique mais une petite boule froufrou-
tante et parfaitement domestiquée. Ni charrue, ni épée :
mais une volaille qui se rengorge, qui se gonfle de
toutes ses plumes, qui se dresse, de toute sa hauteur,
comme le témoignage le plus ridicule de notre abaisse-
ment. Car, au-dessus de la basse-cour, où les vola-
tiles poursuivent leurs ébats insignifiants, plane le
regard souriant du Maître blanc. Et le coq peut donner
du bec, éblouir ou meurtrir ses petites compagnes effa-
rouchées, «piler» toutes les poulettes qui ne sont pas
restées «attachées au pied de la table» : reste qu'il
n'est qu'un animal domestique. Il peut se déchirer le
cœur ; mais, dans l'instant qu'il trône sur l'humble
croupion d'une de ses concubines, il remplit une fonc-
tion de basse-cour. Exception à la règle : langage d'esclave.)

Nous en avons parlé, une fois, avec la Jeanne, des
«petits sourires» de M. Nicolo. Elle aussi en riait, mon
Dieu, s'étranglait, crachotait… C'était peu de temps
après qu'elle aye découvert sa voie terrestre ; et il y

avait encore, au fond de sa pauvre vieille matrice, une agressivité que sa toute neuve «philosophie» ne maîtrisait,… ne *transmuait* pas. Et j'ai pu lui tirer les vers du nez ; et elle m'a débagoulé, dans un éclat de rire aigre :

– Qu'est-ce qu'ils se croient donc, ces messieurs avec leurs petites queues de chiens entre les pattes, hi hi hi hi ?… Mais il n'en a plus pour longtemps à la porter, sa casquette, M. Pet-de-nonne ; t'as vu comment qu'y fait, cézigue, avec son asthme, depuis le début de l'hiver : hic, couic, hic, couic… Ah yen a des, j' te jure, parmi les Césarins !… Et quand je pense qu'y se marrent en nous regardant, rien qu'à nous voir, on dirait, non ?

Et moi, doucereuse :

– Mais c'est des hommes.

Et elle :

– Des… ?

Et moi, insinuante :

– Des hommes, ma petite Jeanne…

Et elle :

– Ne me fais pas rire : j'ai les lèvres gercées.

Et moi, perfidement conciliatrice :

– Il est vrai que Pet-de-nonne…

Et elle :

– Qué Pet-de-nonne ? Ah, tu m'énerves, tu m'énerves… Les hommes, c'est tout pareil, mon vieux : maman-pipi-lolo-zizi-panpan-mon amour !… Avec tous leurs tralalas, ces machins qu'y font… tout quoi : les villes et tout… y se croient je sais pas quoi, les pipi-lolo…

Et moi, jetant sournoisement de l'huile sur le feu :

– Tandis que nous, on fait tout juste rien de nos dix doigts : on les torche, eusses ; et *miserere !*

Et elle :

– Mais pour eux, tu crois-t-y qu'on ne le chante pas, le *miserere ?*… Leurs machines et tout ce qu'ils font… leurs villes, tout quoi… tu t'imagines-t-y que ça n'y va pas… au *miserere ?*

Et moi, soudain émue :

– Jeanne…

Et elle :

– Bien sûr, nous ça y va plus vite, ce qu'on fait sur la terre… Maman-pipi-lolo-*miserere*, pfuuuit !… On les voit au berceau, on détourne l'œil : c'est…

Et moi, bouleversée par ses yeux qui scintillent, pleins d'étoiles, soudain, à l'évocation de ses enfants :

– Jeanne, Jeanne…

Et elle :

– Poussière, que je te dis : poussière… Mais qu'est-ce qu'y se croient, non ?… avec leurs deux gros pieds, là, qu'y-z-ont…

Et moi, que cette sainte colère acculait au machiavélisme :

– Mais c'est peut-être ça, qu'y-z-ont d'éternel, leurs deux gros pieds ?… qu'ils se refilent de père en fils, tant qu'il y aura des hommes et qui… marchent ?…

Enfin, poussant ma pointe :

– … et qui pensent… *avec ?*

Et elle (riant à n'en plus finir) :

– Hé hé, c'est qu'y ne savent pas, les pôvres ; y savent rien de rien de rien de ce que le plus petit bout de femme elle connaît… de la vie… Parce que tout de même, ça vaut mieux de penser avec son ventre… hé hé !… qu'avec… ?

Et puis se reprenant tout à coup, devenue triste, peinée d'avoir dit du mal sur ses frères humains :

– Attention, hop là, la Marie… tu me fais dire des choses que je dois pas, t' sais ?

Et je lui ai murmuré pardon et elle m'a dit, trouvant aussitôt dans le fait une confirmation de sa « philosophie » :

– Ah ! tu le vois, qu'on est tous des enfants, hein ?

C'est en remuant toutes ces bêtises dans mon vieux crâne ébréché (soupe à la grimace ? hé, hé…), que j'ai clopiné tout au long de l'allée où M. Nicolo, dès l'aube, avait dégagé un étroit sentier dans la couche de neige tombée au cours de la nuit. Des épouvantails d'arbres – le marronnier, n'était-ce pas le beau de l'automne révolu ? – semblaient me héler de leurs bras noirs chargés de glace. Les nuages étaient à portée de main et je me suis demandé si ce n'était pas pour cette raison, honorable malgré tout, que mes pensées volaient aussi bas aujourd'hui : oiseaux d'hiver… Quand même, tous ces rognons sauteurs que j'avais rencontrés, au long de ma vie… n'étaient-ils point trop farce ?

Et Raymoninque ? Et Ti Jo ? Et La Commune ? Et le cher Moritz Lé… ? Bah, que je me suis dit ; pas moyen de se faire une idée bien claire et bien saligote sur l'Icibas, comme dirait la Jeanne !… Mettez ça dans votre poche, ma chère ; et un mouchoir par-dessus : hop-là Banania !

J'ai tapoté le carreau et M. Nicolo est sorti de la niche attenante à la grille. Il semblait surpris de ma présence à son guichet. Pas de billet de sortie ?… Et, tandis qu'il m'interrogeait, ponctuant chaque mot d'un petit cri d'asthmatique, on eût dit que les sons naissaient en lui à chaque aspiration, s'engouffrant avec un glou-glou dans sa gorge pour jaillir de quelque part son petit ventre rond, tendu, coquin, tout comme s'il eût, à l'instar de certaines poupées de caoutchouc, une petite ouverture couinante en lieu et place de nombril :

– La fiche… hic !

– C'est juste pour un livre… bibliothèque !

– Hic… la fiche, je vous dis… hic !

– Mais sœur des Anges, je ne la trouve pas… ?

– Hic… voyez… hic… l'économe !

– S'il vous plaît, monsieur Nicolo, ne soyez donc pas comme ça… jugulaire-jugulaire… Il est bientôt quatre heures, vous savez ; et… une personne aussi… distinguée que vous ?

Le compliment – d'une bassesse achevée – a fait bouger davantage les pendeloques de ses yeux, qui se sont couverts d'une buée rose, émue, reconnaissante. Bon, bon… a-t-il bougonné pour la forme. Puis, non sans hésitation, il a touché mon front d'une main qui se voulait experte ; il m'a secouée par les épaules, afin de voir si je n'étais pas malade (ou trop affaiblie pour le trajet) ; et, prenant l'air pédantesque de sœur Marie des Anges :

– Bon, bon, hic… vous tenez encore bien debout… Diagnostic favorable.. couic, le Quatorze…

– D'autant plus, a-t-il ajouté avec componction, que ça fait dans les deux mois, hic… *qu'elle* n'est pas sortie,… même pour la bibliothèque… hic couic ?

J'ai répondu que ça faisait depuis début novembre et j'ai commencé à taper de la semelle sur le pavé de la cour, car le froid mordillait déjà mes engelures. Alors M. Nicolo a haussé les épaules – vieux chien lui-même, bientôt condamné à nous rejoindre dans les dortoirs –, et il s'est contenté de dire très vite, en bredouillant un peu d'allégresse : *Doudou, c'est l'amou Doudou ?*

J'ai compris que je n'y couperais pas de son inoffensive manie exotique ; et, prenant appui d'une main ferme sur ma canne, j'ai soulevé légèrement, par le côté, mon manteau, tout comme si ce fût une jupe lumineuse de danseuse créole. Quête forcée de l'inspiration ; sourire à 4,95 sur les fosses de mes joues : envol. J'entreprends gravement de gigoter autour de ma canne (un seul tour, n'étant pas vraiment d'humeur propice), tout en chantonnant selon une mélodie que je m'efforçais de rendre la plus « tropicale » possible : *Cé l'amou Doudou... cé l'amou...*

Je vis aussitôt que mon numéro était conforme à ses vœux ; car il rayonnait, littéralement, tandis qu'il me poussait en dehors de l'enceinte (en prenant bien soin, par ce privilège sien avec nous autres belles abandonnées, d'effectuer cette poussée, quoique légère, discrète, amicale, sur la partie la plus charnue de ma séduisante personne), et dévidant à toute allure, comme égaré de contentement : *(Cé l'amou Doudou roudoudou... célamou célamou célamou...*

On aimerait parfois que les misérables soient plus touchants. Exemples : la Bibi et la Peuche, M. Nicolo (moi-même... ?). Le scorpion écrasé souffre. En est-il moins scorpion ? En est-il moins souffrant ?

S.O.S. poétique : Saint-Césaire aidez-moi, votre humble paroissienne ; car femme suis et povrette et ancienne. Dites-moi la Parole ; frappez sur le tambour usé de ma mémoire !... Regardez-moi ho *je suis toue nue j'ai tout jeté ma généalogie mes compagnons !...* Chantez chantez pour moi le Blues de la pluie... frère

Grand-nègre chantez !... *Aguacélo ?... Aguacéro ?... beau... musicien ?... au pied d'un arbre... dévêtu, n'est-ce pas ?... près de nos mémoires défaites ?... parmi nos mains de défaite ?... et des peuples de force étrange ?...* oh oui de force étrange *nous laissions pendre nos yeux et dénouant la longe d'une douleur nous pleurions...* Ha !

(Mais inutile ridicule versicule pom pom : à quoi bon gesticuler ; vois seulement gueule Nicolo et entends... bah...)

Des vaisseaux chargés d'une brume jaune, menaçante, nageaient au-dessus des toits de la rue d'Arvaz.
Tôt allumés, les réverbères dévoilaient une agitation
insolite dans la rue – si calme, d'ordinaire… semi-
désertique.

A leurs paquets sous le bras, à la démarche des passants, on devinait que quelques jours seulement nous
séparaient des fêtes de Noël. Il me sembla d'abord que
les gens portaient un petit quelque chose d'immortel,
une auréole infrangible qui planait sur leurs têtes.
Puis je compris qu'ils n'avaient tout simplement pas
conscience de longer leur propre destin, tandis qu'ils
défilaient, affairés, en jetant à peine un regard sur
l'hospice qui, aux ignorants, pouvait être une caserne
de pompiers… ou quelque chose d'approchant ; et pour
ceux qui *savaient,* pour les bonnes gens du voisinage,
n'était l'hospice qu'une tumeur poussée à la frontière
de leurs avenues brillantes de santé, et du quartier
ouvrier qui commence juste derrière, dans les ruelles
timidement adossées au bâtiment de la Mairie…

J'ai rabattu le béret noir sur mes oreilles, afin de
masquer le filet de nuit qui maintient les lorgnons ; me
suis assurée que les bottines étaient dûment lacées, mon
manteau correctement boutonné : trois avertissements…

et ce sont les hospices de Nanterre, de Corbeil ou du Kremlin-Bicêtre, dont la menace entretient une terreur salutaire jusque parmi les déments séniles du pavillon B.

Enfin, je me suis mise en marche, lentement, posément, la canne fouineuse par-devant moi, dans la neige fondue sur laquelle dérapaient mes «péniches» ressemelées de pneus de bicyclette…

Quelques minutes plus tard, je me suis aperçue que mes pieds me dirigeaient en sens contraire de la bibliothèque, à laquelle, désormais, je tournais le dos : et je me suis dit aussitôt que ça ne faisait rien, que nous irions, mon corps et moi, là-bas seulement, à l'orée des maisons bourgeoises, où commencent les lumières des magasins, avec, peut-être, leurs vitrines ornées de banderoles et d'aiguilles de pins en l'honneur de la descente de l'enfant Jésus. Et je rigolais, à cette pensée ; estimant, non sans dérision, que notre façon de fêter la Noël était plus fidèle que celle des Européens, qui voyaient de la neige, des truffes et de grands sapins en Palestine… Tandis que chez nous, oh oui, ce serait un vrai Noël d'Orient, avec de vrais laboureurs qui se retrouveraient dans des cases aussi sombres que des étables ; et il y aurait des tas de rois nègres autour des crèches, que l'on fabriquait, de mon temps, avec des racines de fougères arborescentes et les débris du naufrage de nos hardes ; et il y aurait des tas d'enfants nus dans l'ombre, des enfants vraiment attendus de personne, des enfants que Dieu avait faits, comme on disait au pays, sans y prendre garde : en les trempant dans l'eau sale des Blancs !

La zone dangereuse commençait aux vitrines du bout de la rue d'Arvaz. Là j'avais aperçu, à de certains après-midi d'été, au loin… des silhouettes nonchalantes et gaies d'hommes noirs qui pouvaient être antillais. Mieux valait faire un compromis avec mes désirs : pousser seulement une pointe jusqu'au café-tabac du coin, sur le trottoir duquel je dénicherais peut-être l'un de ces mégots que les gens balancent avec désinvolture, à l'instant qu'ils entrent acheter un paquet tout neuf (oui mais voilà : et la neige ?…). Et puis je m'en retournerais gentiment à l'hospice : voilà, voilà…

Mais rien, à vrai dire, ne t'empêcherait de contempler, d'un renfoncement de porte, les premières vitrines qui faisaient face au café-tabac et projetaient, par éclairs, sur la moitié de la chaussée neigeuse, de grands éblouissements rougeâtres… Qu'on dirait des couchers de soleil, hein ?… Fantasmes somptueux… Ou plutôt, Mariotte-enfant : de ces torches de résiniers fichées en terre… à l'entrée des *cases-à-veiller-Noël*… et dont la chaude brise de décembre inclinait la flamme, par instants… au ras des herbes… ce qui posait des touches d'une lumière juvénile, rose et noire… sur les petites vieilles qui arrivaient toutes guillerettes : *Bonsoir voisins, je ne peux pas garder le lit lorsque j'entends ça… Chantez, chantez mes enfants ; tant que vous chanterez, je ne mourrai pas encore…*

Et, tout en marmonnant un Cantique :

> *Bethléem est le lieu le lieu*
> *Naissez l'amour vous y convie*
> *Naissez pour sauver nos destins*
> *Naissez pour nous donner du pain*
> *Adélala… adé…,*

je fixais consciencieusement le trottoir à mes pieds ; non pour y quêter des mégots –

inutilisables dans cette boue – mais plus modestement sous l'effet de ma vieille hantise de glisser sur un détritus, un caillou, quelque objet incongru… et puis de m'étaler les quatre fers en l'air, avec mes cuisses noires, et les lorgnons…

Est-ce à cette prudence que je dus ce long mégot d'homme qui semblait m'attendre, à l'entrée d'une demeure en pierre de taille, sur la marche désenneigée par quelque domestique ?

M'adossant contre la façade, je tirai le clou de ma poche afin de le « visser » dans le trou, percé à cet effet, à l'extrémité de nos cannes et béquilles. Aucun passant dans le voisinage, ni dans un sens, ni dans l'autre : aussitôt, je pique le mégot, voluptueusement, du bout armé de la canne ; en prenant soin, en prenant garde, en prenant à cœur de ne pas traverser le cylindre de part en part (ce qui rend impossible, ou presque, la dégustation immédiate…)

C'était un appréciable mégot de Celtique, dont je comblai la déchirure du plat de mon index : bonheur d'être…

Survint un être humain, dont – éblouie – je ne vis que la cigarette qui se consumait sous une lèvre moustachue, ainsi qu'un bâtonnet d'encens ; sans mot dire, il passa devant le mégot que je tendais vers lui, avec une courte prière. Survint une jeune femme dont la cigarette à bout d'or étincelait, entre deux lèvres plus luisantes et tendres et roses que deux fines tranches de pastèque : ne m'accorda qu'un bref regard.

L'ombre, la voix trop hésitante de cette clocharde ; mon filet de nuit ou la couleur de ma peau ?… Enfin, un homme s'arrête pour me donner du feu. Quelconque échantillon d'humanité. Un peu grassalard. Des yeux comme des billes d'agathe et la quarantaine retranchée derrière un cache-col flottant, à ses épaules, comme un fanion de douceur et de délicatesse… Tandis qu'il craque l'allumette, je me demande : A-t-il volé dans sa jeunesse ? A-t-il tué ? Quels cadavres sont couchés sur son cœur, quelles fautes commises autrefois qui le rendent compatissant ? Mais je la lui bâille un peu trop belle ; car, au moment qu'il approche l'allumette de mon visage, ses douces atgathes tournent en eau de mer, crêtée d'effroi. L'allumette choit. Je me retrouve avec la boîte dans la main ; un dos, une silhouette, puis une tache au loin dans la neige !… Pfuuit !…

Je lui ai murmuré machinalement, à cet homme courant d'air : Tu crois donc avoir vu le Diable, mon gros ? Eh bien je t'assure que je ferais volontiers alliance avec ce haut personnage, s'il voulait de moi !… Et j'ai ri à cette éventualité ; et, tout en tassant, comprimant le mégot au lieu de sa déchirure, j'ai adressé quelques paroles, en pensée, à la jeune femme qui était passée avant l'âme sensible : une jolie fille, comme on dit, un vrai poulet de grain, riche jusque dans ses selles qui devaient être douces et grasses…

J'ai ri d'abord au souvenir de sa fierté, de cette confiance qu'elle affichait dans l'éternité de sa jeunesse, de sa beauté (ô la peau transparente des levrettes, des pouliches et des jeunes femmes bien nourries…). Et je lui ai dit, rétrospectivement : Ha ha, tu me regardes comme si je tombais d'une autre planète ; mais toi aussi tu vieilliras… Et si tu crois que je suis née ridée, avec chacune de mes pensées et chacun de mes sentiments ridés et flasques, vieille de a à z, eh bien tu te trompes ; car moi aussi j'ai été comme toi, et il y a encore en moi des coins de petite fille,… des choses que je ne sens pas autrement que quand j'avais dix ans.

Le croirais-tu, ma jolie ?... Et peux-tu te figurer ceci : quand je me réveille de moi-même, quand je me redécouvre vieille, chaque matin, j'ai le vertige, comme si je venais de franchir soixante ans en quelques secondes, comme s'il n'y avait rien eu, entre la petite fille et la vieille fille... sinon un rêve fulgurant : peux-tu imaginer cela ?

Satisfaite de lui avoir rivé son clou, à cette garce née après moi, j'ai bien pincé le mégot à l'endroit de la déchirure, afin de ne laisser aucun passage à l'air ; et, l'allumant, tirant un coup d'amorce, j'ai presque aussitôt senti quelque chose de léger sur mes joues... C'étaient ces sacrés yeux qui supportent mal la fumée, d'avoir été si longtemps quasi aveugles, puis d'avoir trop abusé de la lecture dans les premiers temps que la Bitard m'a prêté ses lorgnons. Et je me suis dit que si je continuais à lire (fût-ce des journaux...), peut-être que je redeviendrais aveugle, en dépit des lorgnons ; et ça m'a fait triste, à penser ; et je me suis dit à moi-même, pour me consoler, que ça ne faisait rien : non, au fond, ça ne changerait rien, absolument rien... Et je me suis remise en marche, clopin-clopant (ha ha !), en tiraillant la cigarette à petits coups prudents, du coin de la bouche... à cause de la déchirure et à cause de mes yeux...

Arrivée devant le tabac, j'ai eu tout à coup la sensation d'avoir très froid... Non pas un froid d'os ou de peau ; ni même ce froid familier de cervelle, comme tout à l'heure, qui transforme, d'ordinaire, mon crâne en une tête de mort... Non... Un froid étrange, lointain, qui ne semblait pas de ce monde : venu du fond de l'espace, des étoiles, peut-être, qui me déchiraient comme des épingles au travers de la couverture, dérisoire, de nuages dont s'entourait la Terre… Froid de poisson mort, voilà ; de viande *prise* dans la glace d'un Frigidaire : jusqu'à mes cheveux blancs qui me faisaient souffrir, à les voir, en esprit, devenus semblables à des fils de givre, pendant à des branches d'arbres… Il fallait retourner à l'hospice : vite… Mais voilà-t-y pas qu'au lieu de rebrousser chemin, la folle s'en va jusqu'au coin de la rue et regarde le secteur interdit, avec l'espoir et la crainte de voir, même de loin, un être humain qui serait antillais ?… Voilà-t-y pas ?… Et, à la fin, j'étais comme en colère contre les Antillais absents et contre moi ; et je me suis dit qu'un petit verre ne me ferait pas de mal, non ; que je n'avais qu'à faire comme celles de l'hospice : la gratte.

« Alors c'est *comme ça*… c'est donc *comme ça* ?… » me disais-je avec une sorte d'indignation, un peu ridicule ; et, grâce à cette feinte colère, que je poussais devant moi, comme un cerceau, je me suis mise à clopiner à toute allure, jusqu'à ce que je fusse parvenue du côté de la rue de Vaugirard, derrière les grilles du Luxembourg – hors d'atteinte, en principe, d'une dénonciation.

Et là, sous la lumière d'un café d'étudiants (et toujours grâce à la colère), j'ai mis pour la première fois une main à hauteur de ma hanche, bien à plat, bien à l'horizontale… une main bien couchée.

J'ai essayé de dire, comme le Dix-sept : la charité au nom du Christ. Ou bien, comme Mlle Monet : Pour une bouchée de pain… j'ai faim… pour une bouchée de pain… J'ai même tenté de répéter : Jésus… Jésus… ou plutôt Héésu… Hééésu… comme fait le Vingt-quatre, d'une façon paraît-il irrésistible. Et puis, un court instant – sans doute excitée par l'humiliation –, j'ai fait le rêve de hausser ma tentative au niveau de l'art : *Missié… hé hé… un sou pou la piti négress… piti… piti… ?*

Mais, à ce moment, me sont apparues, comme en cortège, les rares et vieilles mendiantes de la Martinique, qui vous tendaient la main en souriant : Aïe, un petit battement de cœur, pour ton port d'âme, veux-tu ?…

Et, en dépit de tous mes efforts, je n'arrivais qu'à lancer un bref Monsieur !… Madame !… tout bête-ment, à chaque fois qu'un passant longeait mon auguste personne.

Tout d'abord, j'ai pensé qu'ils ne voyaient pas que je mendiais, car ils passaient très vite, sans parfois m'accorder l'aumône d'un regard. Puis je me suis rappelée que, selon la rumeur de l'hospice, une personne environ sur trente *donne* ; et j'ai commencé à les compter, tout en me posant l'éternelle question (la grande, inutile, cocassissime question de ma vie) : combien de possibles négriers, sur trente passants anonymes dans la rue, Mariotte ?… combien de possibles héros de tranchées ?… de possibles tortionnaires d'enfants ?… de possibles tyrans de basse-cour ?… de possibles bonnes âmes tueuses de juifs – les yeux baissés, les mains jointes ?… de possibles missionnaires ?… de possibles saints barbouillés de cervelle ?… de possibles banquiers, généraux, archevêques, patrons de bordels ?… de possibles constructeurs d'avenir, prosternés devant on ne sait quel Dieu laqué d'or, d'azur, et du sang des pauvres ?… de possibles grands carnassiers « Idéalistes » de tout poil et de tout acabit ?… Combien… oh ?

Quand je suis arrivée à dix-neuf échantillons d'humanité blanche, un bref espoir m'a soulevée ; car un grand gaillard avec une barbe, qui avait l'air d'un étudiant, s'est arrêté pour m'observer ; et puis soudain il a lancé sa main en l'air avec colère et il a dit : « Oh ! et puis zut… », et il a filé à toute allure, d'un long pas sportif et dégagé.

Alors j'ai cessé de les compter et, au bout d'un temps qui m'a paru très long, une gentille petite vieille bien nourrie m'a jeté un interminable regard, en passant ; puis elle s'est arrêtée quelques mètres plus loin et s'est retournée, indécise. Je me suis demandé si ce n'était pas une voisine du quartier en train de noter mentalement mon numéro, dans le but de me dénoncer (supposition absurde, puisque négresse). Mais non, il y avait une vraie douceur répandue sur son visage ; alors j'ai retiré mon béret de la tête et je l'ai mis à hauteur de mon ventre, pour bien montrer que je mendiais et qu'on pouvait y aller tranquillement de son argent, sans crainte de me froisser.

Je lui ai dit, gentiment :

– Je n'ai pas de poux, vous savez…

Elle s'est approchée, a jeté un coup d'œil sur le filet qui entourait mes cheveux blancs : a tâté dans sa poche, a jeté un coup d'œil derrière moi, à l'intérieur du café ; a pris un air compréhensif et a mis dix francs dans mon béret.

– Vous pouvez les boire, m'a-t-elle dit avec bonté ; ça ne me dérange pas.

Puis, tout étonnée d'être si bonne, elle m'a souri, d'un fin sourire gracile, et elle s'en est allée, contente d'elle-même, comme si ces paroles et ce sourire devaient également compter au titre de l'aumône, à laquelle ils donnaient, peut-être, à ses yeux, une valeur inestimable.

La vieille disparue, il m'a semblé entendre des cris d'oiseaux en provenance du jardin du Luxembourg qui me faisait face, et, plus précisément, des masses de verdure, par endroits saupoudrées de neige, qui se dressaient comme des maisons de l'autre côté des hautes grilles surmontées de fers de lances. Et puis les cris ont jailli à ma droite, à une centaine de mètres, au carrefour de la rue de Vaugirard et de la rue d'Arvaz qui se sont assombries, se sont rapprochées l'une de l'autre, devenues d'obscures venelles dont a jailli, soudain, un immense corbeau aux yeux rouges qui s'est mis à planer au-dessus des maisons, des arbres, des automobiles, et des animaux blancs qui s'empressaient vers la fête de Noël, sans se douter des écueils qui les séparaient encore de la semaine prochaine : et sans entendre, peut-être, les croassements de mort qui planaient sur leurs têtes, sur leurs vêtements chauds, sur leurs chaussures brillantes, à peine ternies de boue, et sur les petits paquets de rêve qu'ils portaient sous le bras, comme des promesses, comme des livres de piété, comme des fétiches destinés à assurer la pérennité de leurs illusions. Puis tout s'est tu, et, les oreilles bourdonnantes, j'ai vu que ma bouche était grande ouverte et qu'il n'y avait d'oiseaux que dans ma gorge, prêts à s'en échapper... et pointant, déjà, leurs becs jaunes et effilés au-delà de ma glotte vibrante...

J'ai refermé ma bouche d'un coup sec, j'ai saisi la pièce de dix francs et j'ai posé le béret sur mon crâne, en le ramenant jusqu'aux oreilles – afin de masquer entièrement le filet de nuit (mais sans me douter, qu'enfoncé de la sorte, le béret ne faisait que confirmer la bizarrerie de l'ensemble ; laissant à découvert le morceau de filet qui sépare ma tempe des boucles de lorgnons). Puis je suis entrée dans le café, en prenant soin de fixer mes regards vers le bas ; de façon à me guider entre les petites tables, et à ne voir, des clients, que les chaussures et le bas d'un pantalon, le commencement d'une cheville gainée de soie...

Je me suis assise à une table libre, dans un angle, toujours sans regarder personne ; et quand j'ai entendu un bruissement sur la banquette, non loin de moi, je me suis demandé, les yeux collés au rebord métallique de la table, si le ou la qui s'éloignait fuyait la possibilité d'attraper un pou, ou bien, comme il arrive, l'odeur que les Blancs attachent à notre peau et qui dans son esprit devait se renforcer par l'ensemble de ma tenue.

J'avais posé la pièce de dix francs bien en évidence sur la table ; mais quand le garçon est arrivé, je me suis tout à coup sentie extrêmement gênée, désemparée, par l'ambiance chic du café, où ma place était moins que partout ailleurs sur la terre. Cependant, la tête sèche de désir, je ne pouvais plus attendre. Alors j'ai redressé mon cou et j'ai regardé le garçon bien en face ; lui ai fait signe de s'approcher plus près. Il s'est penché avec répugnance, jusqu'à ce que je pusse lui chuchoter dans l'oreille ce que j'attendais de lui. Il s'est écarté de moi et il a dit à voix haute, d'un air scandalisé : «… Dans un verre à bière ? » J'ai donné un petit coup de poing sur le coin de la table et j'ai dit « Oui, tant pis !…» pour qu'il comprenne que j'étais fermement décidée à rester sur ma position, et qu'il ne pouvait en résulter qu'un plus grand scandale s'il n'obtempérait pas. Alors il s'est éloigné et j'ai entendu un chuchotement dans la salle violemment éclairée par ces tubes qu'ils mettent maintenant dans les endroits chics, et qui sont paraît-il emplis d'un gaz rare, coloré, volatile comme l'ivresse verte enfermée dans le corps des lucioles. Puis j'ai entendu un bruit de voix en provenance du paravent, et j'ai compris qu'un groupe de clients du comptoir s'y amassaient pour voir la curiosité. A ce moment, sans doute réveillés par la chaleur ambiante, j'ai ressenti une longue piqûre incisive de pou dans l'omoplate gauche. N'osant me gratter (flagrant délit d'abjection), j'ai fait jouer légèrement les muscles de mes épaules, pour obliger le pou à changer de place ; mais presque aussitôt, j'ai ressenti une deuxième piqûre à la hanche et je me suis résignée, car les poux d'hiver, quoique plus minuscules, plus translucides que ceux d'été, ne le cèdent presque jamais à l'intimidation, et celles parmi nous qui luttent encore sont astreintes à l'épouillage quotidien, besogne toujours vaine, toujours à refaire, puisqu'un bon nombre de pensionnaires ne supportent pas l'eau froide l'hiver, et que rares sont celles qui peuvent bénéficier de la douche du samedi matin. Alors, je me suis laissée aller, sans plus combattre, jusqu'à ce que les poux se mettent à nager à l'intérieur de mes veines, devenus partie intégrante de moi-même, plaie familière, léger fond dolore.

Le garçon a déposé le grand verre de vin rouge sur un rond de carton, au milieu de la table, et il s'est aussitôt éloigné, ce qui m'a donné à penser que j'avais peut-être un pou dans le haut du cou, ou sur le coin de la mâchoire, où ils aiment parfois à se nicher ; mais j'ai eu beau tâter, négligemment, je n'ai rien senti. Sur quoi j'ai ri sans me gêner (quoique n'osant pas regarder tous ces gens qui m'observaient) ; et j'ai aspiré, lentement, en saisissant le verre à deux mains, j'ai aspiré d'un trait, les yeux mi-clos, le vin rouge qui s'est comporté comme il faut, une moitié se distillant en vapeurs, qui sont montées obscurcir mon cerveau, et l'autre moitié, semblable à de l'huile, se répandant dans mon cœur pour le masser de sa caresse.

Quand j'ai eu terminé le verre, je l'ai déposé sur la table, au milieu du rond de carton, et j'ai fait claquer ma langue de satisfaction. A ce moment, j'ai cru entendre un rire quelque part dans la salle, et, toujours sans lever mes yeux, j'ai saisi ma canne et j'en ai donné un coup sec et impératif sur le plancher de marqueterie, afin de mettre en garde la personne qui me croyait peut-être sourde. Et comme je n'entendais plus rien, j'ai légèrement soulevé mes paupières et j'ai vu, à l'extrême coin de la table, dans un cendrier de porcelaine dont chacun des trois pans verts portait l'inscription « Noilly Prat », un long mégot mince dont un bout était tacheté de rouge à lèvres. J'ai pensé que dix francs

moins sept, il me resterait encore assez pour trois cigarettes «cousues» à l'hospice; il était donc inutile de
s'abaisser davantage devant ces Blancs, après que je
leur aye déjà demandé la charité au-dehors, comme si
je reniais ma couleur, comme si je reniais mes rêves
d'enfant, comme si je reniais chacune des pensées
droites de ma vie et jusqu'au souvenir déchirant de
Moman, de Raymoninque et de la femme Solitude.
Et cependant, moins j'osais prendre le mégot, plus
j'en avais envie, et soudain je me suis remise en colère,
et, tremblant de haine, j'ai saisi le mégot et je l'ai
allumé avec des gestes lents, volontairement prolongés,
jusqu'au ravissement de la première goulée, où tout
s'est dissipé…

La honte est revenue sur la fin, quand j'ai écrasé le
mégot dans le cendrier. Et avec la honte une nouvelle
vague de colère qui m'a fait me lever, tout d'un coup,
pour gagner le paravent séparant l'arrière-salle du
comptoir, en donnant de grands coups de canne à
chacun de mes pas, comme si j'étais décidée à faire
sauter une tête – quoique les yeux toujours baissés. Ma
colère était d'autant plus grande que j'avais laissé dix
francs sur la table pour me punir d'avoir fumé le
mégot. Alors, parvenue à la séparation, j'ai levé la tête
et j'ai regardé un à un tous les consommateurs de la
salle, cependant que de la canne je donnais de petits
coups énervés sur le plancher, soudain ivre de rage,
prête à tout, comme était sans doute la Jeanne quand
elle donna son célèbre coup de poing dans le ventre
d'un gardien de la paix, peu avant de découvrir sa
«philosophie»…
Et alors, soit que quelque chose dans ma physio-

nomie les ait retenus, soit que, tout simplement, ils n'en avaient pas envie, les Blancs n'ont pas ri : ils n'ont pas ri.

Cahier 6

C'est la peur de la mort qui l'a conduite à ces extrémités. Elle s'était faite belle pour une ribouldingue avec la Jeanne, qui avait réussi, sous le nez refroidi du portier, à passer une bouteille de petit-bleu dans un pain de quatre livres… Pour la circonstance, elle avait entouré son cou maigre du renard à peau de lapin qu'exhibe la nouvelle du Trois ; et posé un diadème de strass au-dessus de son front, à même le crâne dénudé – ce qui l'oblige à garder la tête droite au début de ses orgies. Elle avait pilé de la chaux pour ses joues, l'avait savamment mélangée à une précieuse pincée de talc. Il y avait eu du rouge pour le fil de ses lèvres, du vert pour ses paupières, et la du Trois avait prêté deux grosses boules à crochet qui pesaient sur les lobes aplatis et creusés comme de vieilles semelles. Elle avait disposé son dégueuloir sur la tablette, avec un torchon en cas d'accident technique ; et jolie comme un vampire, le relief de ses quatre dents gonflant ses joues, elle s'était assise sur le lit ; avait lampé le verre de vin bleu que lui tendait la Jeanne ; puis s'était allongée, une main sur le manche de la casserole, comme d'habitude, tandis que sa sœur de vin se versait verre sur verre, consciencieusement, afin de gagner les hauteurs de l'ivresse que la Bitard atteignait d'un seul coup d'aile.

La Jeanne n'avait rien remarqué d'anormal avant d'être plein saoule elle-même. Elle s'était mise à chantonner et, la Bitard ne lui faisant pas les répons, elle s'était penchée, entre les deux lits, pour secouer son amie silencieuse et renversée sur l'oreiller. Puis on l'avait entendue brailler doucement, doucement, comme un enfant, avec des montées et des retombées musicales de chiard énervé ; et comme sa manière de fredonner les vieux airs ressemblait à un geignement, on n'avait pas remarqué tout de suite qu'elle se tenait debout contre la Bitard : la secouant, avec l'énergie du désespoir, tout en prononçant un lamento éraillé : « Oh là là, Bibi, qu'est-ce que t'as donc aujourd'hui ? pourquoi que t'ouvres pas les yeux, ma Bibi ? » Sous la secousse, les paupières de la Bitard s'étaient soulevées ; mais les globes qu'elles découvraient étaient vitreux, d'une loucherie convergente, et un filet rouge s'était mis à couler entre ses dents serrées. C'était pas du sang mais du vin, qu'elle n'avait pu dégorger dans la casserole, comme elle faisait à chaque beuverie ; mais la Jeanne que la douleur ne dégrisait pas, vit son amie morte ; et la secouant de plus belle – au point de déchirer sa combinaison en travers de poitrine –, elle se lança dans une frénétique oraison funèbre :

– O Bibi tu ne vas pas t'en aller comme ça je te le jure ! Avec qui que je me saoulerai si c'est que tu t'en vas ? Mais réveille-toi, pour l'amour de Dieu, sinon je te promets que je vais faire un malheur !…

La Bitard rendit son vin dans la « morgue ». Le docteur n'ordonna qu'un lavage d'estomac. Mais à son réveil de syncope, elle avait trois doigts repliés comme des griffes ; et l'on s'aperçut un peu plus tard que tous les mouvements du côté droit étaient heurtés, erratiques… J'étais folle de joie et ma première déception fut qu'on n'opérait pas la translation des numéros, afin d'occuper son lit vide : comme on procède, généralement, lors d'une « admission » à l'infirmerie du palier – qui tient lieu pratiquement de morgue. Mon inquiétude devint extrême. Je ne lui avais pas rendu la moindre visite, de crainte qu'elle ne me brise ou ne saisisse définitivement les lorgnons gardés par devers moi depuis sa maladie. Mais, au bout du troisième jour, n'y ayant plus de chance qu'elle meure, je me décidai finalement, piteuse…

Elle me dit simplement, à voix basse, profitant de ce que sœur Marie des Anges était sortie pour un instant :

– Vous le voyez, que je ne suis pas morte…

Elle tenait sur sa poitrine le crucifix dont elle n'avait pas voulu se séparer depuis l'extrême-onction ; mais elle s'y raccrochait d'une manière avide, comme la Jeanne à son litron de rouge, et il n'y avait pas de religiosité dans son regard mais plutôt une dureté lointaine, un éclat nouveau qui était le souvenir d'une chose au nom de laquelle elle regardait, non pas moi seulement, mais le monde entier avec une espèce de méchanceté revendicative.

– … Non, je ne suis pas morte, reprit-elle avec un rictus un peu souriant, dérisoire,… n'affectant qu'une moitié de sa bouche.

J'étais si troublée que je faillis oublier de lui remettre le petit carton : quinze cigarettes que j'avais roulées moi-même, en séparant comme elle aime les mégots de blondes et ceux de brunes ; la pomme du dessert de la veille ; et un cadre-photos de style antillais, avec des coquillages du pays sur tout le pourtour, ma dernière richesse, mon ultime monnaie d'échange…

– Vous voulez vous faire pardonner, constata-t-elle.

Et comme je me taisais, elle souleva sa main valide,

me faisant signe de m'en aller ; qu'elle était trop faible ; que les choses en resteraient là, pour l'instant.

Quand elle revint au dortoir, on vit aussitôt que le séjour à la morgue ne lui avait pas réussi : dès l'entrée, elle fit sonner sa nouvelle béquille contre le plancher, d'un coup sec – comme pour faire mal !…

Pourtant, parmi les rares personnes qui sont revenues de l'isoloir, comme dit le médecin, de l'infirmerie comme disent les sœurs, ou, selon nous, de la morgue ; parmi ces rares survivantes il n'en est point qui ne se félicitent de l'épreuve. Certaines en ont même rajeuni. Après plusieurs séjours dans la petite pièce sombre attenante au dortoir, la Dix-neuf – Mᵐᵉ Minkowska – est devenue l'une des plus vaillantes du lot. Au retour de son troisième « voyage » elle était tout sourire et miel et elle nous a expliqué pourquoi. C'est qu'elle ne s'était pas isolée pour jouer les originales, ni pour se faire chouchouter grâce à son statut de moribonde – ce qui est encore assez fréquent, il faut le dire… Non, tout simplement, elle avait ressenti le besoin de réfléchir un peu, n'en ayant jamais eu l'occasion ni les moyens,… jamais disposé d'une chambre pour elle toute seule dans la vie : et c'est pourquoi la morgue l'avait tentée. Or, tout bénéfiques qu'ils soient, les deux premiers séjours n'avaient pas été suffisants ; mais maintenant ça y était, elle avait compris,… concluait-elle avec un heureux sourire. Compris ?… Qu'a-t-elle compris ?… Nous l'ignorons toutes, c'est son secret ; mais toujours est-il qu'elle ne pleurniche plus, a pris de l'embon-point, fait partie de l'équipe de belote où son jeu est efficace et silencieux ; tandis que, par moments, elle soulève du jeu de cartes un regard vitreux et élargi de personne qui a définitivement « compris » (avec un rien d'ostentation).

... Mais c'est tout autre chose que la Bitard semblait avoir « compris » quand elle revint à son tour de la morgue ; et c'est un tout autre objet de réflexion qu'elle semblait fixer au-delà de nous, du dortoir, et peut-être même de son existence passée, tandis qu'elle se dirigeait vers son lit, la canne agressive, la béquille encore maladroite sous l'aisselle et la tête penchée de telle manière que son œil gauche dominait toute sa personne : lointain, crépusculaire, petite vasque d'eau claire aux bords maculés de sang. Elle n'écouta pas les félicitations et vœux de bonne santé ; elle ne salua pas même la Jeanne. S'allongea aux côtés de ses canne et béquille. N'ayant plus confiance qu'en ses soutiens orthopédiques et en la croix qu'elle portait, désormais, par-dessus ses vêtements : offrant ainsi à son amant divin les marques incessantes de son attachement – afin qu'il ne la perde de vue, lui non plus...

Et nonobstant ce grand amour, à peine se leva-t-elle qu'on la vit se diriger vers les numéros Dix-sept et Dix-huit qui constituent, avec Mme Peuchemard, le groupe des atomiseuses.

Au vrai, pour la plupart, nous ne sommes pas bonnes et même celles qui y prétendent ne se font pas illusion ; mais quoique nous ayons « machiné » dans notre vie, les atomiseuses nous choquent, nous... tournent les sangs... De mèche avec les atomiseurs du pavillon B, elles collectionnent tous articles sur les performances nucléaires !... Dans la cour, dès qu'il fait beau, on les voit discuter avec passion du Jugement dernier, comme elles appellent la guerre atomique !... Et, depuis qu'on parle de plus en plus d'un conflit général, avec tous les événements de Corée, il y a dans leur groupe une sorte d'ardeur triomphante dont les pieux motifs invoqués ne font pas oublier l'essentielle volonté de plonger le genre humain dans leur propre agonie !

Et voici la Bitard qui s'est mise de leur côté et qui aurait dit, selon la Vingt-deux qui est bien placée pour entendre leurs conversations :

– Moi, avec l'offensive de Ridgway, je donne pas d'ici la fin de l'année que ça pète et qu'on se retrouve tous aux pieds de Notre-Seigneur, pour la pesée des âmes... Ça va aller vite maintenant, je le sens...

Dès le premier jour, quand je l'ai vue lancer, d'un coup sec, sa béquille sur le plancher, j'ai eu l'inspiration de simuler une forte crise de mon rein ; et, avant-hier, en m'empêchant de respirer, j'y suis même allée d'un accès cardiaque.

Mais hier matin, quand je me suis présentée à son lit pour les lorgnons, elle a commencé par me dire, sans esquisser un geste et sans paraître me voir : « Les reins... le cœur... et demain la vessie ou le caca... Vous croyez-t-y que je le sais pas... que je mourrai avant vous ? »

J'ai tendu le cou, pour voir si elle souriait ; mais le soupçon de soleil matinal tombait de biais, sur le lit de la Jeanne... et j'avais beau écarquiller les yeux, je ne voyais que la masse d'ombre du béret noir qu'elle met, la nuit, contre les rhumes, et les taches que faisaient les trous de ses yeux et de sa bouche sans doute entrou-verte... Et soudain, comme il arrive dès que je fais le moindre effort oculaire, ma perception est devenue aqueuse et les plaques délavées de formes et de cou-leurs se sont mises à glisser les unes dans les autres, en même temps qu'un trait aigu me perçait, qui provenait, sans doute, d'un reflet de la lumière sur la croix métallique que la Bitard étalait sur sa poitrine. A tout hasard, j'ai tendu la main devant moi, dans le cas où elle se déciderait à me remettre les lorgnons ; et j'ai murmuré doucement :

– Je peux mourir très vite, madame Bitard… J'ai même cru que ça y était, hier au soir…

Et ce disant, j'ai tendu un peu plus la main, tout en refermant les paupières sur mon désordre rétinien qui avait gagné l'intérieur du crâne, me faisant perdre l'équilibre, comme il arrive quand ma vision devient entièrement liquide : mais je n'ai rien senti se déposer sur ma main tendue.

– Vous avez bien cru que ça y était, la Vénus ?… mais pour moi : pas pour vous.

– Je vous demande pardon, madame Bitard ; mais je ne me suis jamais permis de penser que ça y était pour vous. Comment que j'aurais cru que ça y était pour vous, hein ?… comment voulez-vous ça ?… Allez, vous le verrez bien que ça ne va pas faire long feu pour moi ; et même cette nuit, tenez…

Elle m'a interrompue avec violence :

– Espèce de salope, comme si je me rendais pas compte ! Mais vous vous croyez donc tellement for-tiche que j'y vois pas clair dans vos manigances ?… Et vous pouvez y aller avec vos sorcelleries de négresse, moi, j'ai pas peur qu'on me pique sur une photo : *maintenant j'ai plus peur de rien !*… Et pour les lorgnons, vous pouvez chercher ailleurs parce que je suis bonne, moi, tout le monde qui me *connaissent* peut le dire : bonne mais pas conne !… Gustave !…

Cher fantôme, je ne suis pas capable de te dire, avec précision, ce qui s'est passé ensuite ; car tout soudain je me suis mise à pleurer de honte et non pas tellement la honte d'être debout, la main tendue, pendant que pleuvent des insultes, mais plutôt la honte toute simple d'être surprise en flagrant délit de malheur. Je ne sais pas ce que la Jeanne a dit ou fait à ce moment-là et j'aurais bien voulu lui dire de ne pas s'en mêler, mais je n'ai pas pu parler, ouvrir la bouche pas davantage que les yeux et c'est dans le bruit de leur dispute que j'ai regagné à tâtons mon lit. Et je ne sais pas ce que les deux amies se disaient car je n'entendais pas leurs paroles, percevant seulement le timbre survolté de la Bitard qui s'acharnait sur la voix lente, fine et incassable de la Jeanne, ainsi qu'un chien s'acharne sur une tortue – vainement.

J'ai entendu le frou-frou de sœur Marie des Anges contre le fer de mon lit et puis j'ai entendu sa voix du côté de la Bitard. Mais je ne pouvais pas entendre les paroles de la sœur, alors que j'entendais fort bien, par instants, les éclats glapissants de la Bitard avec qui elle était en discussion. Je ne sais pas qui a pu l'appeler ; je n'ai pas pu le savoir, même en demandant à la sœur. Il doit y en avoir plusieurs qui m'aiment bien et n'osent pas le montrer devant les autres ; ou devant moi ; ou devant une part d'elles-mêmes qui n'est pas prête à témoigner de l'affection à une négresse. Et c'est ce que je me disais en essayant de suivre la conversation d'après les éclats de voix de la Bitard. Elle s'est écriée à plusieurs reprises : «La propriété ! la propriété ! la propriété !…» Puis je l'ai entendue clamer en un lamento aigu : «Elle me hait !…», et il y a eu un tonnerre de sanglots. Une minute s'est écoulée sans que je saisisse rien, et j'ai entendu à nouveau, sur le ton de l'indignation :

– Non Jésus m'aime ! Il m'aime je le sais !…

Et puis à un moment donné, au milieu du brouhaha

suscité par l'affaire, j'ai cru entendre la Bitard dire que c'était un souvenir, que c'était tout ce qui lui restait de Mme Chabrier…

On m'a apporté les lorgnons. Je les ai mis. Caresse dans l'œil. On m'a demandé de venir embrasser la Bitard.

– Qu'elle vienne, elle…

Mais la voix de sœur Marie des Anges s'est élevée :

– Allons, le Quatorze, montrez aussi un peu de bonne volonté ; vous voyez bien que le Trente-quatre a ses rhumatismes…

En m'approchant ai vu que la Bitard était comme suspendue à la petite croix qu'elle pressait contre ses lèvres. Elle a pleuré, air traqué. Quand la sœur lui l'ordonne, semble se réveiller et pleurant comme un veau se jette à mon cou avec le même emportement dont elle embrassait la croix. Mais la peur ne lui avait pas fait perdre complètement la tête, car s'écrie :

– Mais ils sont toujours à moi, les lorgnons ?

– Vous savez bien qu'ils sont toujours à vous ; le règlement respecte scrupuleusement la propriété privée, sauf pour les objets encombrants ou dangereux. L'essentiel pour le Quatorze c'est de pouvoir s'en servir, puisque vous ne vous en servez pas… N'est-ce pas le Quatorze ?

– Oui, ma sœur, que je dis, etc.

Mais je savais bien que c'était pas l'essentiel, que moi pas rassurée pour cela, que même si quelque sincérité dans le repentir de la Bitard, elle toute la première ignorait ce que ferait, ce que deviendrait le lendemain, car elle est maintenant le jouet de forces qui semblent étrangères tant elles malmènent sa personne ; mais qui ne sont que les petits instincts tapis en nous durant toute la vie et qui montrent leur petite gueule monstrueuse quand l'occasion est trop belle ou quand ?... ou quand ?... comme c'est le cas de la Bitard, les derniers remparts de la personne s'effondrent sous l'action de l'âge, choient dans un chaos de pierres vermoulues et soulevant de la poussière – laissant libre passage à la ménagerie. Pour l'instant son plus gros animal c'est la peur mais qu'est-ce qui va se passer, oh là là, si découvre un jour que son Dieu lui-même n'est qu'un des masques de la peur, si cesse d'aller à la messe etc... si elle se rend compte qu'Il n'existe pas ?

Et ce matin...

En cet instant précis j'entends, se détachant nette-
ment de la cacophonie ambiante, sa voix aigrelette
qui semble toujours d'un ton plus haut que celle de la
Jeanne, même lorsque toutes deux se marient étroitement dans leur chant : « *Petit cœur de Ninon...* » Et je
vois les autres rôdant autour de mon cahier, venant
s'asseoir à mes côtés, dans le seul but de surprendre
les signes que je trace ; dans le seul but de me chiner
par leur présence, comme si les humiliait toute affir-
mation, aussi menue qu'elle soit, patte de mouche...
de mon intimité. Et tout ça à cause de la Bibi, qui a
lancé ce matin sa grande offensive contre mes « écritures » !...

J'ai essayé de les prendre dans le bon sens du poil,
mais que dire ?... comment me justifier d'une activité
aussi grotesque ? Chère, voilà au moins une difficulté
que vous n'aviez pas prévue, il y a douze jours, quand
tu as entrepris de raconter « l'événement ». (De le
raconter ? ou bien tout simplement de le comprendre
au fil de la plume ? de le voir apparaître sous le fil azuré
du scalpel : vieux kyste empli de ton dernier sang ?)
J'ai bien songé à faire semblant d'écrire des lettres, que
je ferais non moins semblant d'envoyer chaque jour,
en me rendant à la bibliothèque... Mais ça n'aurait

strictement rien changé, car les plus vieux numéros savent que depuis deux ans je ne reçois pas plus de lettres que de visites. Alors ? Je me suis résignée à l'affrontement.

C'est bien sûr la dame Peuchecolle (*vox populi, vox Dei*) qui s'est engouffrée dans la brèche ouverte, ce matin, par la Bitardo : la Peuche avec ses grands airs nobles et indirects, sans m'adresser la parole, sans s'adresser à moi, à *moin-même,* comme elle fait depuis six mois que nous sommes voisines, en raison de la mort de Mme Lacasse qui l'a fait passer du Seize au Quinze... Mais j'étais fin prête. Et quand elle s'est penchée sur mon cahier, qu'elle a saisi, négligemment, tout en susurrant :

– Voyons un peu ce que mijote le Quatorze..., alors j'ai arraché le cahier de ses mains et je l'ai repoussée avec une telle force qu'elle est allée donner dans le montant du lit de « Biquette », qui s'est redressée, aussitôt, sur son oreiller, affolée, terrorisée déjà et prête à entonner ses plaintes démentes. Et j'ai dit calmement, sans moi non plus m'adresser à la dame Peuchemard, afin qu'il soit bien entendu que je ne fais pas plus cas de son « arrière-plan » qu'elle ne fait du mien :

– Je préviens le Quinze que je serai peut-être obligée de la piquer, si elle continue...

Ça a causé quelque émoi, la plupart de ces pauvres folles étant bel et bien persuadées que je pratique l'envoûtement : un cadeau de M. Moreau, qui leur a sans doute mis ça en tête,... avec ses vanteries de vieux rouleur imbécile des mers. Elles sont toutes si emplies de crainte et d'horreur que je n'osais pas ajouter – jusqu'aujourd'hui – à la balance, déjà si chargée, de leurs chlorotiques âmes. J'y suis maintenant décidée : fermement. Faute de quoi, c'est la fin de tout (ne me

fais pas rire, s'il te plaît : j'ai moi aussi les lèvres gercées). Mais je le dis tout net au cahier : cela m'est
étrangement pénible de me faire passer pour sorcière
à leurs yeux… leurs grandes prunelles éteintes. Je
croyais, arrivant ici, que la proximité de la mort nous
rendrait toutes semblables ; et voici qu'il faut me faire
encore plus «négresse» que je ne suis… *Mais faut tout
ça pour la vie tourner, a pas vrai, ti-fille-là ?*… Et puis
il reste encore ceci d'ennuyeux : que tout s'écroule si je
tombe malade, si je tombe dans l'inconscience ; car
elles n'auront rien de plus pressé que de me soulever et
d'aller chercher les cahiers sous mon matelas : et qu'y
faire ? C'est un risque à courir. *Crabe ki pas marcher
pas gras. – Ouaye, cé ça ou dit : mais crabe ki marcher troppe ka tomber en chaudière !*… Bah… A moins
que je ne me voie tomber malade, avec l'*in-extremis*
possibilité de mettre les cahiers dans une grande enveloppe que je collerais dans tous les sens et remettrais à
la Mère Supérieure, afin qu'elle me la rende, dans le
cas où je reviendrais à… la vie ?… Bah…

A bien considérer, c'est surtout la question des
douches qui me chagrine. Légère brume de lassitude ;
si seulement ma valise fermait à clé… Je peux bien
garder les cahiers constamment sur moi, et même dans
le réfectoire où, quand c'est mon tour de vaisselle, je
puis m'arranger pour ne pas les perdre de vue ; mais
qu'est-ce que je vais faire, après-demain, quand nous
serons toutes nues et qu'il me faudra comme les autres
laisser mes affaires sur le banc ?… Bah… Ça peut
peut-être s'arranger si tu choisis le pommeau de
douche le plus proche du banc et si tu conserves les
lorgnons sur ton nez, en maintenant, bien sûr, la tête

en dehors du jet d'eau : pour ne pas trop mouiller les verres,... ce qui m'aveuglerait et par conséquent m'empêcherait de garder l'œil sur mon sac à main. Bravo !

Au fond, seule et unique solution : répartir mon travail d'écriture en pavés de six heures ; les mettre sous enveloppe ; les envoyer au diable.

Une question : je sais que « l'événement », le « remous », la « bulle » « qui est montée de tes eaux dormantes, croupies, voici deux vendredis, entre l'instant où tu t'es réveillée suspendue aux cris de l'aube, et celui où l'ambulance-police t'a reconduite à l'asile, ramassée dans la neige ; je sais que cet « événement » n'est rien, trois fois rien ; qu'il se reproduit chaque jour à des centaines, des milliers, des millions peut-être d'exemplaires dans le monde. Et s'il en est ainsi, veux-tu bien m'expliquer, ma très chère, quelle mouche te pique depuis lors ? Au milieu du naufrage de ta vie, tu avises un stylo et t'y cramponnes jusqu'à ce que mort s'ensuive : peux-tu m'expliquer cela ? Mais vois, au bout de quinze jours la mer te rejette sur une place inconnue ; et cette fois les éléments refusent de te porter… nul bruit… tu coules à pic… Les grands fonds te happent… algues… froid… nuit glauque… Puis tu refais surface et ainsi passent les secondes, les minutes si longues, les heures : et le naufrage n'en finit pas. Noyades : tu montes, tu redescends comme un ludion dans une bouteille agitée par des mains… facétieuses. A la longue je t'assure, cette situation finit par m'apparaître des plus incorrectes. Où donc veux-tu en venir avec tes « écritures » ? Et serais-tu capable, tiens, là, en trois mots, de me définir avec précision en quoi consiste l'événement qui s'est produit ce fameux jour… l'inestimable « clapotis » ?

– Merde.

– Attention, ma toute belle : tes pensées volent bas aujourd'hui.

– Elles ne volent pas : elles se traînent à ras terre. Ce sont des pensées de femme, que veux-tu ? Et quant à toi vermine, chancre du doute qui me ronges l'âme, je te répète calmement : *Chiotte à ton esprit !*

Quelque chose s'est passé, j'en suis sûre : mais j'ai beau me relire, je vois pas exactement quoi… Quelque chose d'important, toutes proportions gardées ; en tous cas : de plus important que moi… Infinies tentatives d'introduire un ordre, là-dedans… Vaines comme si je me tendais la main à trop grande distance… Début de crise d'asthme… Étouffements… Respirer à pleines bronches, *une fois :* dût le thorax se fendre… Ah, dans les temps anciens, dans les années vingt et trente, quand j'essayais affreusement, désespérément d'écrire le récit de ma vie, je savais toujours, selon l'époque, où je voulais somme toute en venir : soit parler aux miens, à cette femme comme moi que je cherchais sur la terre et dans les livres, à ce nègre comme moi, à ce Jaune, à cet Arabe… leur dire en quelque sorte au secours ; soit crever la panse des Blancs et leur plonger le nez dans ce parfum qui monte d'eux !… Je savais même comment je l'aurais écrit, ce livre de ma vie, si, comme je me le figurais – naïve encore –, j'avais reçu une instruction appropriée : pour les gens de couleur j'aurais employé une langue simple et tendre, fluide comme le miel rose de tamarinier; et pour les Blancs j'aurais écrasé le beau style à coups de talons!… plongé la distinction dans la boue!… Pas de beauté de lézard, dont la queue vous reste dans la main!… Mais beauté d'anguille!… Insaisissable!… Qu'aucune phrase ne puisse rester dans la paume voluptueuse des – ô bourgeois – canailles élégiaques!… (Attention à la beauté, que je me disais quand j'écrivais contre les Blancs… attention à la beauté: ulcère.)

Et puis surtout j'étais vivante, il y avait autour de moi quelques visages, des yeux qui répandaient… un peu… lumière… Je n'étais pas gâtée, pourrie désossée comme aujourd'hui, inconsistante… Il y avait dans mon ciel un Oui et un Non… Selon les époques, j'avais honte d'être noire ou j'en étais fière… Mais aujourd'hui, avec toutes les pensées de ces vingt dernières années, tous ces livres peut-être, et la guerre, et puis la Unetelle et le cher Moritz Lévy… qui m'ont tuée… entraînée dans leur mort… (deux ans déjà?)… c'est tout quasiment comme si je n'avais plus de couleur!… Aïe!… c'est tout quasiment tout bonnement comme si j'avais *perdu ma couleur* en chemin!…

Oui, c'est vrai, je suis sans doute devenue *folle dans ma tête,* comme on disait au pays: ainsi hier, toutes ces âneries pseudo-humoristiques à propos du clapotis… Ah oui… Ah oui… Tu le vois, ô mère Afrique, la science des Blancs se venge cruellement, sur moi, de n'être qu'un grand vent de l'esprit courant sur les choses… Mais tout cela n'est rien… rien ma chère je vous dis… bêtises à propos d'autres bêtises… Il y a surtout que je suis trop morte pour comprendre cette goutte de vie qui m'est tombée dessus,… il y a quinze jours. La Jeanne ne me suffit pas. Un regard de temps en temps, c'est maigre. Il faudrait pour me sortir du néant… oui… je sais… Pourtant quelque chose d'important s'est passé, je crois même de très important… Si je pouvais seulement penser à quelqu'un de bien précis, en faisant mes écritures,… probable que ça m'aiderait… que je jetterais, sur moi, le regard de cette autre personne… et verrais clair, peut-être !… Mais hélas, de vivants, je ne vois que la Jeanne et Rosina Bigolo (et encore pour cette dernière, tu n'en sais trop rien) : toutes deux quasiment illettrées : pas de regard sur mes écritures : couic. Et même si j'allais chercher du côté des morts, y en a-t-il vraiment à qui je puisse m'adresser ? Man Louise, Raymoninque, Moman, Ti Jo ? Aucun d'eux ne connaissait le «Fouançais de Fouance». Et non seulement ils ne m'auraient pas reconnue dans ce que j'écris de moi ; mais encore ils n'en auraient pas cru mes yeux, mes doigts comme des boudins, ma peau verdie par l'humidité du Trou et à laquelle ne manquent plus que ces longs vers blanchâtres qui viennent sur les haricots mis à germer dans des caves, des resserres d'ombre, etc. Qui c'est celle-là ? qu'ils auraient dit, en chœur. Elle a bien des cheveux en tire-bouchon ; un nez en pied de marmite ; un gros derrière pointu : mais ça ne peut pas être une Antillaise, ah non !… ça ne peut pas être une peau d'Antillaise, ça ; on dirait de la tripe échaudée, pas vrai ?… Ça serait-y pas un zombi ?… Quèque chien-sans-pattes ?… Et Ti Jo aurait même ajouté, pour sûr : Ça la Honteuse ?… ça la Marie-Bel-Chiveux ? Tonnerre m'écrase, la vieille : mais où est cette peau lisse et violette, sur les rondeurs, comme une pomme Caïmite ? Où les yeux de chèvre folle ? Où les nattes de chaque côté de son cou droit et plein de jus noir, frais ? Où la jeune fille qui s'élevait dans les rues de Saint-Pierre comme un flotteur sur la mer – *et personne à pouvoir dire jusqu'où l'eau la portera ?*

Mais suffit : les cloches de Notre-Dame-des-Champs sonnent la demie de quatre heures ; et soulevant les paupières, tu viens de voir un nuage noirâtre au-dessus de toi, juste contre les carreaux poussiéreux de la fenêtre d'angle : c'est le crépuscule.

25 décembre 1952. Bonheur inexplicable – comme l'an dernier à même date. Autour de moi une troupe de petites filles de soixante à quatre-vingts ans. Ou du moins, si j'en crois mon cœur, une ribambelle de vieilles têtes à massacre : matières mortes au dernier stade de digestion par la Vie ; bols intestinaux ; dégueulis... Mais qui se souviennent aujourd'hui Noël d'avoir porté tout au long des années, invisible... et de porter encore, peut-être... comme ces femmes ouoloffes du Sénégal qui dès le point du jour et jusqu'à la tombée de la nuit, sans jamais l'extraire un instant – sauf pour la tétée –, portaient dans la rue, portaient dans la case, portaient à l'ombre et au soleil, dans la danse et dans le deuil, au champ ou au village et même dans les conversations amoureuses, portaient les femmes ouoloffes du Sénégal, agrippé à leur dos et ensaché dans un pagne mieux que le petit kangourou dans la poche ventrale... un amour d'enfant noir qui ne pleurait jamais, tant qu'il demeurait collé à la peau maternelle – et qui respirait de leur souffle à ces femmes, chantant, parlant, gémissant à travers ces grands poumons si proches... et si lointains... Ainsi de nous aujourd'hui avec notre enfance qui gigote sur notre dos,... émerveillée qu'il soit une fois de plus Noël !

Est-ce au Prince de la Paix que je dois la charmante invitation de tout à l'heure, présentée par Mme Bitard en personne ? Je lisais sur mes couvertures quand je l'ai vue au pied de mon lit, attendant que je lève la tête. Elle avait un air gêné et secouait sa coiffe avec approbation et amabilité, non sans de subits pouffements de rire. Me remettant sur mon séant, j'ai vu, par-dessus les lits qui nous séparent, la silhouette identique de la Jeanne qui me faisait des signes compliqués de la main, tantôt comme pour me dire au revoir et tantôt comme pour me dire de venir à elle.

– C'est pour la Noël, a dit enfin la Bitard.

Alors j'ai saisi ma canne et je l'ai suivie qui avançait, à un mètre devant, doucement, pour bien me faire comprendre que si elle précédait son invitée, c'était seulement en raison de l'étroitesse du couloir qui sépare la table des barreaux de lits. Mais quand je suis arrivée à l'entrée de leur ruelle, Mme Bibi a attendu poliment que j'entre et m'asseye avant d'en faire autant. J'ai pensé qu'elle le faisait par pure complaisance envers la Jeanne, qui doit mourir cet hiver ; mais non, elle aussi semblait émoustillée par l'historiette du sang rouge, que Jeanne venait de lui rapporter ; et c'est ainsi qu'elles m'ont questionnée, un long moment,... de ces choses que vous demandent les Blancs... Je les ai trouvées parfaitement correctes, même émouvantes avec leurs façons de « braves toucheuses », comme disait Rosina Bigolo de ces femmes du peuple français qui n'ont jamais vu de négresse et vous caressent la peau d'un doigt timide, apparemment distrait, pour voir « comment c'est ». Je ne me suis sentie gênée à aucun moment : même par cette curiosité sexuelle qu'elles manifestaient à mon endroit, par les questions naïves qu'elles posaient sur ma conformation intime

213

ou la nature secrète de mes sensations. Nous riions. Elles étaient si plaisantes, ces deux vieilles pies, que je leur ai permis de poser une main sous ma cuisse pour vérifier « si que le derrière des négresses est aussi chaud qu'on le dit… »

La Jeanne était la plus entreprenante, la Bitard ne faisant que suivre les traces de son amie : on aurait dit deux petites souris, telles qu'on en surprend, parfois, dans le couloir de la cuisine, se frottant le museau avec de petits cris d'extase inquiète. La Bitard est encore plus menue que la Jeanne. Toute sa vie elle a été concierge d'un immeuble en gérance, dans l'île Saint-Louis ; et comme on n'a pas prévu d'hospice dans l'île, elle n'a quitté sa loge, après cinquante ans de réclusion, que pour faire en ambulance les quelques centaines de mètres qui la conduisirent chez nous. C'est une des rares à ne pas avoir été déçue : ici *on vit*, assure-t-elle. Et quoique d'une timidité maladive, on la voit partout où s'amasse la « compagnie » : parties de cartes, discussions, drames brefs et déchirants de la proximité. Au repos, c'est une duègne espagnole, blafarde jusqu'aux gencives, avec une mantille de laine noire tricotée main, croisée sur son ventre puis épinglée derrière ses reins – ce qui lui donne volontiers une posture convenue, prudente, inquiète. Elle joint aisément ses mains et pendeline du chef, comme une pucelle de bénitier – qu'elle n'était pas, jusqu'à la semaine dernière, car sa loge a servi de longues années de nid à des amours exotiques avec un travailleur algérien. La Jeanne, qui m'exposa l'affaire, voulut-elle me mettre en état de communion spirituelle avec sa sœur de vin ? Toujours est-il que les choses se seraient passées ainsi :

L'Algérien, un manœuvre de voirie, envoyait presque

tout son salaire en Kabylie, où il retournait tous les deux ans pour ajouter un fleuron à sa couronne de père de famille ; la Bitard attendait son retour en le maudissant et tout reprenait comme devant. Elle y alla même une fois de sa visite au douar de celui qu'elle n'osait appeler son amant, par modestie ; ni son homme, car il appartenait foncièrement à cette femme, là-bas, qui lui faisait tant de si beaux enfants ; et qu'elle appelait tout simplement, dans le privé comme dans les relations officielles : l'Algéro. Elle embrassa la légitime et, l'œil brillant, caressa quelques têtes bouclées : puis s'en retourna à sa loge, la tête pleine de soleil, de résignation et d'un sentiment maternel qui la faisait envoyer des colis de friandises à ses petits « bicotins », comme elle disait en son argot de fantaisie. Elle fit une dizaine de fausses couches *pour* l'Algéro ; car elle ne voulait pas d'enfants à traîner dans la nature, sans papa en bonne et due forme. Mais outre un ventre en accordéon, il lui en resta des visions cauchemardesques jusque sur son lit de morgue, la semaine passée. Elle rêvait (elle rêve) d'enfants noyés, vendus poissons dans des paniers, saignés à blanc, accommodés à toutes les sauces du remords et à toutes les techniques primitives de l'avortement. On vit bien ses regrets un jour qu'elle jeta les frêles osselets de ses mains au visage de Mlle Crevette qui se vantait de n'avoir jamais désiré d'enfants, et se félicitait, devant nous autres lapines abandonnées, de n'avoir jamais pris de plaisir qu'avec ses doigts. « Où est la récompense de vos grossesses, de vos accouchements, de vos lactations et de vos torchements de culs ?… » s'écria-t-elle. Sur quoi la Bitard lui griffa le visage, se cassant deux ongles du même coup.

J'étais présente : j'ai arrêté la charge de Mlle Crevette

et la Bitard m'a remerciée. Je lui ai dit : les enfants peuvent nous oublier ; il se peut même qu'ils n'existent pas : mais une femme ne crache pas sur son ventre.

Mais la Bitard ne prêtait guère d'attention à mes paroles : sa lèvre inférieure se soulevait et s'abaissait avec violence, selon un tic familier qui m'évoque chaque fois un enfant sur le point de pleurer ; son nez reniflait de rage ; et elle hochait la tête en ne cessant de darder sur Mlle Crevette un regard assassin, méprisant, et en quelque sorte énormément scandalisé, que je trouvais d'une drôlerie extrême chez un tel moucheron. C'était oui exactement le genre de personne que j'aime : attendrissante et vénérable. Elle avait aussi une forme d'ivrognerie qui me touchait beaucoup. Les jours de liesse elle se coiffait, se poudrait, se tirait à quatre épingles, et disposait sur la table de nuit une petite casserole d'émail ainsi qu'un torchon sec. Une goutte de vin l'enivrait. Elle la renvoyait dans la cassolette, s'essuyait la bouche avec le torchon, s'allongeait sur le lit, heureuse de cette *ribouldingue* mais toujours proprette ; cependant que la Jeanne continuait de picoler pour atteindre le point d'ivresse de son amie. – A ce moment la Bitard, qui ne quittait pas la Jeanne de l'œil, entonnait une chansonnette.

Est-il possible que les lorgnons seulement soient cause de cette guerre totale que nous nous faisons depuis un an ; et que je ne regrette pas, pour ma part, de mener avec tous les moyens (fût-ce la menace de l'envoûtement) dont je dispose ; car aussitôt que je songe à la deuxième Bitard, celle qu'elle fut pour moi à partir d'un certain jour, d'une certaine minute, d'un certain froncement de sourcils… j'ai alors le sentiment d'un plateau de théâtre tournant sur lui-même pour m'offrir, soudain, un décor totalement différent du premier : un décor, une silhouette, un visage, des paroles et des grimaces que parfois je hais de toutes mes forces !

C'était il y a un an, je m'en souviens : il était huit heures du soir quand j'ai ramené les lorgnons que j'avais utilisés, pour la première fois, tout l'après-midi. La Jeanne et la Bitard étaient assises l'une en face de l'autre, sur le rebord de leurs lits, à se dire des secrets dans le creux de l'oreille : je les aurais embrassées toutes les deux… J'ai tendu les binocles vers la Bitard et l'ai assurée de toute ma gratitude. Est-ce bien les mots que j'ai prononcés ?… Dis-moi, n'étaient-ce pas plutôt des paroles du genre de : *Madame Bitard, je ne sais comment vous remercier : c'est la vie, la vie que vous m'avez prêtée… ?*

L'ancienne Mme Bitard a eu l'air gêné. Elle m'a dit de garder les lorgnons ; qu'ils ne lui servaient à rien. Et moi j'ai insisté pour les lui rendre : bassement. J'ai dit que je ne pouvais accepter un tel cadeau. Avec sa permission, je passerais tous les matins pour les lui emprunter, et tous les soirs pour les lui ramener : c'était *mieux ainsi,* ai-je assuré d'un air troublé. Pourquoi était-ce *mieux ainsi ?*… Ne pouvais-tu tout simplement accepter ce qui lui coûtait si peu, bien que ce fût pour toi plus précieux que le paradis et les anges ?… Quoi qu'il en soit, je l'ai dit ; et le visage de l'ancienne Mme Bitard a paru s'affaisser, une onde de sang rose a atteint ses pommettes, et ses mains étroites se sont soulevées avec une étrange peine pour saisir les lorgnons qu'elle a déposés lentement à côté d'elle, sur la couverture. A cet instant précis, j'ai remarqué une ride nouvelle qui semblait s'être formée entre les sourcils, droite et mince comme un fil de rasoir ; et j'en ai ressenti une forte angoisse, ainsi qu'un profond sentiment de dégoût à mon endroit : mais il était trop tard.

Les yeux baissés, elle a murmuré d'une voix aigrelette, tremblante :

– C'est drôle : vous êtes sûre que vous y voyez vraiment bien avec ces « trucs »-là ?

J'ai essayé de maîtriser mon émotion, mais c'était impossible :

– Je lis tout… tout… ai-je dit avec une sorte de sanglot.

Elle a saisi les lorgnons entre ses doigts, les a soupesés, d'un mouvement de poignet, au risque de les faire choir par terre ; puis ses paupières toujours à moitié closes se sont soulevées vers moi, et ses yeux pâles m'ont fixée avec une sorte de profond étonnement, comme si je lui fusse apparue sous un nouveau jour ; ou comme si, au contraire, elle se surprenait elle-même, d'une façon qui ne lui était pas désagréable à en juger la soudaine jeunesse de ses petits yeux décolorés.

Le lendemain, quand je lui proposai l'achat des lorgnons, elle s'avisa qu'elle y tenait en souvenir de sa première sœur de vin, Mme Chabrier ; mais elle me les prêterait volontiers, à condition, évidemment, que j'en prenne le plus grand soin. C'est ainsi que tout commença : avec cette grâce un peu hautaine qu'elle me faisait : *sous condition.*

Je pris l'habitude de lui faire de petits cadeaux. C'étaient d'abord des friandises, le dessert du jour ; puis des mégots ramassés dans le voisinage et que je lui offrais, dûment décortiqués ; enfin, quand elle se mit à faire des caprices, me retirant l'usage des lorgnons pour un oui ou pour un non, même sans raison, brutalement, au beau milieu de ma lecture, je lui offris mes rations de pain et les deux sucres du matin que je gardais en réserve. Je ne pus y croire : l'ancienne

Mme Bitard avait changé en telle manière que la Jeanne se vit obligée de rompre avec cette *ordure*. (Rien qu'une semaine, mais enfin…)

Cependant la plupart des autres pensionnaires appréciaient grandement cette métamorphose qui offrait, je l'avoue, matière à distractions piquantes. «Tu les lui laisseras en héritage?…» demandait-on à la Bitard. Et celle-ci de répondre, en hochant dubitativement le chef:

– Je ne sais pas…. faut voir… ça demande réflexion…

– Alors qu'est-ce que tu en feras?

– Je ne sais pas… faut voir…

Elle savait que selon toutes apparences elle s'en irait avant moi. Mais cette perspective chaque jour lui paraissait plus scandaleuse, comme s'il y eût désormais quelque traîtrise de ma part à durer plus longtemps qu'elle. J'eus toutes les peines du monde à aborder la question de ses dernières volontés: au moindre mot, elle entrait en un courroux étrange, démesuré, et, l'œil en délire, menaçait de tout *casser*. Parfois elle disait: *casser la baraque,* mais l'allusion n'en était pas moins éloquente. Enfin elle convint que les lorgnons me reviendraient à sa mort. Mais ce fut pour redoubler en exigences qui me laissaient hagarde, rompue de rage. Je fis son lit. Il m'arriva de lui enlever ses pantoufles, ses chaussettes, et jusqu'à ces curieux caleçons de dentelle noire, qui pendent comme des drapeaux en berne le long de ses cuisses défuntes. Il y avait en elle une joie, une sorte d'allégresse sombre qui la transfigurait. Mais j'étais la grande coupable: car je m'étais si profondément abîmée, d'abord en marques de gratitude, puis en témoignages de soumission, qu'elle s'était vue haute, grande, toute-puissante pour la première fois de sa vie; et que sa petite âme exsangue n'avait pu s'empêcher de lire, dans le hasard qui la faisait propriétaire, le signe d'une obscure élection...

Cependant hier matin, assise sur le lit de la Jeanne et faisant face à la Bitard qui ponctuait de petits rires les questions posées par son amie, j'étais tellement enchantée par l'aimable invitation, tellement heureuse de retrouver la bonne ambiance d'ambiance non d'avant les lorgnons, que, dans un élan d'enthousiasme, oubliant tout ce qui me séparait de la nouvelle Bitard, je me suis mise à raconter comment moi-même, dans ma jeunesse, j'avais été longtemps obsédée par la conformation du sexe des femmes blanches, que je supposais lisse, minuscule et rose comme le tuyau de leurs oreilles. La Bitard s'est émerveillée, et, après avoir poussé son petit rire stridulent, aigu, pareil à un cri de rongeur nocturne, elle nous a fait passer une assiette avec des morceaux de sucre, des bonbons verts, des tranches minces de pain d'épice et des cacahuètes qu'elle écrasait pour nous dans un pilon de cuivre. Puis elle m'a souri, a tapoté mon genou valide, s'est mise à me contempler d'un air rêveur, soupesant chacune des caractéristiques de mon visage, et elle m'a dit du ton dont on console un enfant, un infirme ou un malade affligé :

– *D'ailleurs,* vous n'êtes pas tout à fait une négresse. On le voit bien à votre... et à tout le reste, que vous avez été mignonne, pour ainsi dire fine, oui, je dirais que c'est le mot : *fine.* Et puis vous lisez des livres, non ?... A mon avis, vous seriez plutôt ce qu'on appelle une métisse, que ça ne m'étonnerait pas ; ou comme qui dirait une mulâtre ; une sang-mêlé, quoi.

Parce qu'on le voit bien que vous en avez, de notre sang, qui coule dans vos veines...

Croyant me faire plaisir, la Jeanne a renchéri :

– Et même que tu en as certainement beaucoup, beaucoup de sang blanc ; c'est ce que je lui dis toujours, à la Bibi, pas vrai ?

Je les ai regardées avec stupeur, me demandant tout à coup ce qu'elles avaient retenu de mon anecdote enfantine sur le sang des Européens ; et j'ai énoncé d'un ton léger, primesautier :

– J'ai aussi un peu de sang rouge, vous savez !...

Alors la Bitard, savante :

– C'est du sang indien, à mon avis, ça.

Et moi, tranquillement :

– Non, c'est du sang rouge-sang.

Fâchée contre elle-même, la Jeanne a mordillé son poing et la Bitard nous regardait alternativement l'une l'autre, cherchant à comprendre. Finalement elle a pris un air finaud et m'a interrogée sur le pouvoir qu'on me prête d'envoûter les gens en piquant un point de leur personne sur une photo. J'ai dit que chacun l'entendait comme il voulait. Elle m'a glissé, d'un petit sourire narquois :

– Et comment que vous faites, si vous n'avez pas de photo ?

– C'est bien simple : il suffit d'un cheveu, d'une rognure d'ongle ou même d'un mouchoir, d'un vêtement qui a pris l'odeur...

– *Moi, je laisse rien traîner !*

Puis elle a ajouté, d'un air de défi :

– Et d'ailleurs je n'y crois pas, à toutes ces histoires...

Elle n'est pas tout à fait sûre d'y croire ou non, recoquillée, tout comme les autres (mais sans se l'avouer, la fine mouche bleue) dans les froides et étouffantes superstitions d'ici ; mais à la vérité, même si elle me voyait « manger » son âme, son foie ou son restant de prunelles, en quelque négro-sainte eucharistie… la chère ne désarmerait pas d'un pouce sur la question des lorgnons. Car elle tient maintenant à son goût de puissance autant qu'à la vie (la soif du pouvoir fait désormais partie de sa vie) ; et plus le temps passe, plus les jouissances que je lui procure sont violentes.

Tout à coup, elle s'est excitée, un peu de mauve sautant à ses pommettes ; et le verbe doucereux, parcouru de frémissements, elle m'a enjoint de l'aider à son changement de toilette.

– Maintenant ?

– Maintenant et *illico*, a-t-elle précisé.

Puis elle a ajouté, indiquant par là qu'il y avait de la saoulerie dans l'air :

– La Jeanne et moi on a *à faire*… pas vrai Nénette ?

Debout entre leurs lits défaits, je m'étonnais une fois de plus de découvrir si semblables ces deux êtres dont je vénérais l'un et haïssais l'autre à en perdre le souffle : deux poussiéreuses duègnes de faubourg ; deux petites têtes pendelinantes de souris, mais avec, du côté de Mme Bitard, quelque chose de pincé dans la bouche et autour des yeux qui était peut-être l'effet de mon imagination, mais ne m'en paraissait pas moins exécrable. (Et surtout cette ride tranchant le front, à la verticale : seule marque extérieure de la révolution spirituelle qui a bouleversé une vie sans jamais nul pouvoir sur aucun être…)

Était-ce la brutalité, cette espèce de douche froide que répandait, en moi, ce renversement de rapport humain ?… mais j'ai eu un bref mouvement de recul, dans lequel l'œil exercé de la Bitard vit une esquisse de révolte.

– Madame Marie, ne partez pas encore… fit-elle aussitôt, d'une voix douceâtre, glacée de politesse, tandis qu'elle apposait un doigt contre ma robe…

A ce moment, la Jeanne vint à mon secours ; ce dont je me sens encore transportée de gratitude à l'instant que j'écris ces lignes.

Depuis plus d'une minute, je l'entendais, dans mon dos, qui émettait de petits susurrements réprobateurs, ponctués de claquements de langue aux endroits les plus désagréables du discours de la Bitard. Soudain je sentis sa main sur ma hanche, qui tentait de me repousser en dehors de la ruelle. Résignée, je m'écartais pour mieux les laisser en présence…

Il n'y avait pas de véritable colère sur les traits de la Jeanne, car, depuis ce qui lui est arrivé avec son fils, elle n'a plus véritablement de force que pour les larmes. Mais le tour de sa bouche, porté de façon simiesque en avant, était étoilé de nombreuses petites rides droites, à quoi se résume toute sa capacité d'exprimer un sentiment étrange qui n'est pas de la colère, non, mais une sorte de tristesse coupante, qui la déchire elle-même…

– Un petit coup de rouge, Bibi ?

Les épaules de la Bitard s'affaissèrent lentement ; et déjà, je vis qu'elle me souriait d'un air gêné, tandis qu'elle esquissait un vague geste comme pour dire : « Ne faites pas attention à mes paroles, je le sais va que je n'aurais pas dû vous demander ça, surtout en tant qu'invitée de Noël. Mais que voulez-vous… c'est la vie… non ? »

Alors je leur ai souri à toutes deux et, toujours souriante, je me suis dirigée à reculons vers la sortie, en maintenant contre mes yeux – je ne sais pourquoi – les lorgnons dont un lacet de protection pendait le long de ma joue. Elles se sont levées ensemble et m'ont accompagnée jusqu'au pied de leurs lits. Et tant contentes, elles étaient, que chacune son tour m'a dit au revoir et bon Noël; comme si l'espace, entre leurs deux lits, était si rempli de leur intimité qu'on pouvait, au mot près, le considérer comme un appartement.

Après son au revoir, la Bitard a voulu ajouter quelque chose et je savais quoi. Elle grimaçait, tellement elle faisait un effort pour prononcer des mots comme : « à propos des lorgnons, je vous les donne, madame Marie. Je vous les donne. Je vous les donne. Je vous les donne. » Mais elle n'y est pas arrivée : ça lui est resté entre les dents, comme un caillou. C'est une justice à lui rendre, elle a fait vraiment tout ce qu'elle a pu : mais elle n'y est pas arrivée.

Et cependant, je ne sais pourquoi, sa tentative bien que dérisoire m'avait bouleversée ; et je lui en suis encore reconnaissante à l'instant que j'écris ces mots, toute humide, jusque dans l'âme, toute pénétrée de gratitude au souvenir de cette merveilleuse conversation de Noël, il y a trois jours, déjà…

Cahier 7

Est-ce la pensée de cette charmante invitation, l'éblouissement rétrospectif de ces regards amis qui tournoyaient en moi (soleils, traits de comètes, feux d'artifices multicolores, yeux humains, sphères géantes qui gravitez dans le ciel de mon crâne : *maestro please* : musique) ?… Est-ce la lumière dorée qu'il y a aujourd'hui dans l'encadrement des fenêtres, ce scintillement anachronique du bleu, du vide ?… Est-ce tout simplement les trois verres de vin que je me suis offerts (coup sur coup dans la gueule les trois verres à la file) avec le pécule des Fêtes de Fin d'Année que nous ont remis, ce matin, en grande pompe, les dames patronnesses venues du faubourg Saint-Germain ?… Est-ce tout cela ensemble ?… Ou quelque chose que je sais pas ?… Mais je sens mon cœur comme un ballon de baudruche, dans ma poitrine : tout prêt à s'envoler !… Et ça se gonfle de seconde en seconde, oh !… Et c'est pourquoi je veux aujourd'hui t'appeler Mariotte ma chère et te parler comme une mère à son enfant : *esse ou ka tann ça moin ka di-ou, ti moune an moin, ti Mariotte-là, ô ti-fi di mone Pichevin é toutt cé bel-pays-là-ça ? Esse ou ka tann ? Esse ?*

227

Non, ne crains rien, je ne suis pas ivre et mon intention n'est pas de… non, pas de reproches aujourd'hui. Moin lé tout bonnement poser ou an pitite question : Mariotte, enfant Mariotte qui te tiens en moi… et si le mal dont tu souffres ne venait pas de l'absence d'yeux humains sur tes écritures, mais de ton propre regard ?… Oh souviens-toi du beau proverbe Diola : *l'œil ne se voit point*… Et d'Alassane Badje t'expliquant gravement – en ce jour de l'année 1915, sur le cotre qui t'emmenait de Dakar vers l'île de Carabane, destination Séléky –, d'un exil à l'autre, sans fin –, Alassane Badje, te trahissant déjà de toutes ses fibres… les yeux tournés vers la Casamance, et disant… la vérité du puits est dans le reflet de la lune sur son eau… mais si tu te penches trop sur la margelle, il n'y a plus ni lune ni eau ni même ton propre visage : il n'y a plus qu'obscurité, hélas… ?

Et ne t'es-tu pas trop penchée, l'autre semaine, en essayant de voir au fond de cette journée du 9 décembre le reflet précieux d'une vérité plus grande que toi-même ? N'est-ce pas là la raison de ton échec ? De l'interruption de tes écritures ? Voilà ce qui depuis trois jours me brûle de te dire, enfant…

Et tout cet apitoiement… comment une vieille personne comme vous peut-elle ainsi parler d'elle-même ? N'est-ce point un peu honteux, à ton âge ?

Mais qu'est-ce qui t'arrive donc, ma fille ?… On t'aurait fait préjudice… désignée du doigt, peut-être, au jour de la naissance… ?

Pourtant, tu n'es pas plus aveugle au dedans qu'une autre, à ce que je sache… Tu le sais depuis longtemps (Bogota ?) que tu portes en toi comme tout un chacun…

une bête nommée Jésus, une autre bête dénommée Hitler, un anonyme *coolie* indou, le boucher cannibale du coin, un gladiateur romain, une femme de chez nous enceinte pour la neuvième fois et qui pleure de chagrin pendant son accouchement, et non pas de douleur physique !... et un nouveau-né tout blanc, tout jaune, ou noir, rouge, qui ouvre invariablement sur le monde des yeux recouverts d'une taie bleuâtre, qu'on dirait de la porcelaine de Chine... ne le sais-tu ? Et que tu es toi aussi... en dépit des apparences, toi aussi, ma vieille... tous les hommes femmes enfants sans exception, toutes les créatures de la première à la dernière, aujourd'hui et à jamais, dans les siècles des siècles... comme on dit : tu le sais, ça, jusque dans le moindre frémissement de ce vieux corps qui sent mauvais, qui perd de sa substance,... qui se meurt !... et ne le sais-tu pas, ma chère ?... Vois, tu es même devenue capable de te comparer à cette bête émouvante qu'on dénomme cheval, à un simple chien (ô souvenir lancinant de Bogota qui me crève encore le cœur après quarante années), à un lézard, à une blatte qui grouille sous ta langue, en cet instant, qui tortille ses pattes au bout de tes engelures, et qui étire ses antennes craintives au travers de tes yeux ensanglantés ; et depuis longtemps (Bogota ou plus récemment ?) tu te trouves hors d'atteinte de tout ce qui pourrait affecter en toi une certaine dignité d'être humain – dont tu te ris, ne donnant pas réellement plus de valeur à l'Homme en toi qu'au Cheval en toi, au Chien, au Lézard en toi, au Poulpe, à l'Araignée, à la négresse ouaye !... Alors pourquoi, dans tes écritures, dès qu'il est question de ta petite personne, du passage de la vie dans tes propres veines, dans ton cœur, du reflet de la lune en tes eaux dérisoires ce vendredi 9 décembre 1952... pourquoi oublier tout le reste et regarder ta journée dans l'asile, ta marche dans la neige, ton petit moment d'angoisse au café comme s'ils n'avaient été vécus par nulle autre chose vivante avant toi ?... pourquoi, mon doux petit Monde ?... Je ne veux pas te faire de reproches, mais tout de même : que fais-tu ici, quelle est la durée de ton bail ; serais-tu autre chose qu'un amas de sels, de protéines, de pigments dermiques et autres nullités,... recouvert d'une perruque de marquise et monté sur croquenots ?... Écoute en cet instant précis, en cette seconde, combien de vies déchirées en deux comme un vulgaire coupon de tissu ? tailladées ? réduites en cendres ? jetées aux chiens, aux orties, à la poubelle sans fond du Temps ?... Combien ?... Esse ou tann, sacrée pisseuse-là que vous êtes !... Pardon, je te demande pardon ma sœur... c'est le vin et n'est-ce pas le vin qui m'emporte ?... Alors pardon, je te demande humblement pardon... Accordé ?...

Alors songe avec moi aux étoiles, mon petit... songe aux îles, mers, continents d'étoiles et souviens-toi que les Blancs eux-mêmes... oh souviens-toi... reconnaissent... avouent... ne jamais pouvoir déplier entièrement la carte de l'Univers : car derrière ces îles, ces mers, continents... n'est-ce pas, pain doux sucré ?... Ah voilà, voilà ce qu'il vous faut songer quand vous avez besoin d'un peu de compagnie, comme dans les années Vingt... lumière,... quand le sang vous meurt tout sec dans la veine et que vous devenez folle dans votre tête !... Voilà enfin !... Voilà voilà voilà !... Et toutes ces petites gens perchées là-haut, avec tous ces petits yeux qu'ils ont mais immenses, peut-être, de leurs douleurs à eux ?... Tout ça hein ?... tout ça, oui... sans doute... Et dis-le-moi bien franchement, Mariotte, ma petite Marie à moi... connue de personne : qu'est-ce qu'un soupir de négresse dans l'infini ? Qu'est-ce donc, après tout, sœurette ? Ho ?

Mercredi 28 décembre 1952. Essai de narration modeste :

Il y avait les étoiles, la terre ; des myriades d'êtres vivants ; quelques millions d'humains et parmi eux une quelconque vieille femelle morte : qui se réveille un jour accrochée à ses propres cris.

C'était le 9 décembre 1952, calendrier grégorien, chronologie chrétienne. Et la voilà qui se lance en plein hiver dans les rues, dans Paris, dans la neige, appelée par sa nourriture d'origine comme une vache par l'herbe fraîche de printemps, comme un cheval ancien par le foin de la stalle et l'ombre rassurante de son écurie ; et parce que négresse (variété de l'espèce humaine, dont les pigments dermiques sont un peu plus riches en mélanine), elle fait un petit minuscule scandale dans un lieu public et menace les consommateurs de sa canne en s'écriant, intérieurement : les Blancs n'ont pas ri ; ils n'ont pas ri !

Mais une fois dehors, au lieu de diriger ses pas vers l'hospice, cette vieille femelle d'homme s'orienta machinalement vers les rues interdites, en s'arrêtant, de temps à autre, pour donner un grand coup rageur de canne sur le trottoir, dont il lui semblait qu'elle faisait jaillir des étincelles et non pas des bluettes de boue neigeuse. Et puis, soudain dégrisée, elle regarda autour d'elle et se rendit compte que sa colère l'avait entraînée loin de son domicile légal, qui était une espèce de lieu où la communauté des hommes achève les vieillards en excédent ; et dans la confusion sénile de son esprit, il lui sembla que s'éloignant de l'hospice elle se trouvait maintenant à une très grande distance de sa propre personne : échouée dans ces rues crépusculaires comme dans un cul-de-basse-fosse d'elle-même. Plus profond qu'à Bogota. Et tant pis, se dit cette vieille quelconque : allons plus bas, toujours plus bas ; il doit bien y avoir un moment où ça s'arrêtera et où tu ne pourras plus descendre. Et cependant que son esprit se noyait dans ses propres ordures, s'y abandonnant avec une sorte de soulagement bizarre, comme si, de manière secrète, il y trouvait un accomplissement… ses antiques et sanguinolents globes oculaires se tournaient de droite et de gauche, attentifs à chaque passant – tandis que, soulevant le col maigre du manteau réglementaire de l'hospice, elle détournait la tête et posait une main devant son visage, à chaque silhouette douteuse, déchirée qu'elle était par la crainte de rencontrer un compatriote de son pays d'origine.

La créature arrive ainsi rue Monsieur-le-Prince où, pour éviter la dangereuse place de l'Odéon, elle descendit les escaliers de pierre qui longent le bâtiment de l'École de Médecine ; puis gagna la rue Danton et, par des venelles plongées dans une ombre propice, la rue Gît-le-Cœur où, pensait-elle, se tenait toujours le restaurant d'une certaine Rosina Bigolo, à quelques mètres des quais de la Seine.

De loin, les rideaux de mousseline créole dispensaient une lumière verdâtre qui tombait sur le trottoir, sur la neige fondue, en touffes d'herbe et miroitements liquides : même un bouquet de siguine chut, un instant, puis disparut…

La quelconque s'arrêta sous un porche, de l'autre côté de la rue déserte, afin de s'assurer que le restaurant était toujours tenu par une personne de son pays d'origine, en l'occurrence une certaine Rosina Bigolo. Un couple sortit.

Elle ne reconnut pas la couleur de leur peau, car c'étaient à peine des silhouettes pour sa vue détériorée ; mais à quelque chose dans leur allure elle vit qu'ils appartenaient sinon à son pays d'origine, du moins à une île voisine nommée la Guadeloupe. Et comme ils s'éloignaient, elle entendit un éclat de voix, intermédiaire entre le rire et l'étonnement, qui lui entra droit comme une lame dans le cœur. La quelconque tendit l'oreille mais ils s'éloignaient déjà et n'entendit plus rien. Alors elle essuya ses lorgnons pour bien reconnaître les prochains clients et, dans la clarté revenue, elle sut qu'il devait être beaucoup plus de quatre heures, qu'elle allait être en retard et par conséquent punie de dessert : car la nuit commençait à descendre pour de bon, un brouillard, qui ne se distinguait pas de la neige sale, tombait sur les choses ; et tout semblait nuit, neige et brouillard, sauf la petite lumière qui provenait du restaurant où l'on avait déjà allumé…

Il devait y avoir, se dit-elle, des clients de midi restés à bavarder avec M\ème Rosina Bigolo ou la serveuse – peut-être parce qu'ils étaient de la Martinique (son pays), ou peut-être parce qu'ils étaient de la Guadeloupe, ou peut-être tout simplement parce qu'ils avaient la peau noire.

Et ses oreilles lui faisaient mal à force d'entendre des voix imaginaires d'Antillais.

Et dans les intervalles où elle n'entendait pas les voix, il lui semblait qu'un long hululement passait au-dessus des maisons des Blancs, comme s'il y avait une tempête ; alors qu'en fait il n'y avait pas du tout de vent mais simplement un froid qui devenait de plus en plus sec à mesure que le soir descendait sur la ville.

Et c'est ainsi que – transie dans l'ombre du porche, et souriant à sa propre folie – la quelconque imagina qu'elle aurait le courage d'ouvrir la porte au rideau de mousseline créole…

Elle se dit d'abord à elle-même, parlant à son corps glacé : Oh, je ne me serais pas lancée à la légère… pas folle non, que croyez-vous, mais enfin que croyez-vous ?… Puis son corps lui répondit : Nous ne croyons rien : parlez Mariotte, Mariotte, Mariotte,… et presque aussitôt le fil du rêve commença à se dévider dans son crâne, la quelconque se voyant traverser la rue et se faufiler dans le couloir contigu au restaurant de ladite Rosina Bigolo, afin de s'y mettre en tenue de gala…

Voilà : elle aurait frotté ses mains jusqu'à ce que le sang passe de nouveau, lui permettant de déplier ses doigts. Puis elle se serait léchée et brossée tant et plus, frottant son visage de salive jusqu'à le rendre parfaitement élégant. De son mouchoir trempé dans la neige fondue, elle aurait ciré ses deux chaussures. Aussi, elle aurait défait le filet de nuit qui maintient ses lorgnons et détaché leurs lacets de sécurité. Puis ses verres tout simplement à bout de doigts, comme si ce fussent des binocles à manche d'ivoire, elle aurait doucement poussé la porte du restaurant et serait entrée sans éveiller l'attention de personne – sachant par expérience, cette femme, qu'aux heures creuses Mme Bigolo est toujours dans la salle du fond, à bavasser, avec des clients repus, à houspiller sa serveuse, à persécuter sa demi-sœur dont la tête effarée sort parfois du guichet de la cuisine, semblable, avec son fichu étroitement serré sur les tempes, à une tête coloriée de tortue.

La quelconque aurait amené les lorgnons à ses yeux, en un geste souverain de douairière ; et elle aurait savouré les décorations de Noëls antillais qui ornent toujours la grande salle à cette époque de l'année.

Et peut-être le vieux phonographe à manivelle fonctionnerait-il en ce moment précis, libérant une bonne musique de chez nous qui l'aurait rendue bouillonnante, fraîche et jeune d'un seul coup, *le derrière baignant dans l'huile d'Aix...* Ou peut-être n'y aurait-il que la grande boîte de TSF dont Mme Bigolo était si contente, en 1939, lorsque la quelconque la lui offrit pour l'ouverture de son établissement ; si fière et si contente, Mme Bigolo, qu'à tout instant et même un plat dans la main, elle venait poser son oreille contre le haut-parleur, pourtant au maximum de sa puissance, en bonne Antillaise pour qui le plaisir musical ne va pas sans l'ébranlement des nerfs...

Et c'est là qu'elle me trouverait, par hasard, en jetant un coup d'œil machinal vers la porte d'entrée, comme elle faisait, toujours, se refusant par principe aux sonnettes qui lui auraient donné des *coups de cœur,* qu'elle prétendait (car il convient seulement de sonner la messe et les morts). Et quand la patronne apercevrait la nouvelle arrivante, elle ne dirait rien, elle resterait à sa place, dans le fond du restaurant, la tête penchée sur son épaule gauche, et examinant la vieille femme de la tête aux pieds, essayant de soupeser son âme, afin d'être sûre de ne commettre aucun impair envers sa vénérable personne. Et quand la patronne croirait avoir tout vu, tout lu, tout su, elle lèverait ses gros bras boudinés au ciel : et c'est ainsi qu'elle s'approcherait de l'autre, qu'elle viendrait à sa rencontre, le visage fendu d'un sourire éclatant et faisant tressauter, à chaque pas, les cent kilos de sa bonne chair noire, tendre et ferme, lustrée, si douce à l'œil et si fraîche éternellement au toucher… Puis elle abaisserait les bras autour du vieux cou fripé, et la quelconque sentirait le fin parfum poivré de magnolia, la bonne odeur de sa race, et elle ouvrirait grandes à la vie ses deux narines tandis que Mᵐᵉ Rosina Bigolo apposerait des baisers retentissants, à perte de souffle, sans fin, sur ses joues, en ponctuant chacun de ses baisers d'un aïe aïe langoureux, destiné à prouver *devant l'Éternel* son grand bonheur de caresser la vieille femme. Et quand elle en aurait fini avec ce chapitre d'introduction, Mᵐᵉ Rosina Bigolo reculerait d'un pas et la ferait tourner-virer tout doucement, avec précautions, sur elle-même, afin de s'en remplir les yeux à plein bord, cependant qu'elle s'écrierait d'une voix de basse mélodieuse : « Aujourd'hui je vais t'appeler Désirée, car c'est ce nom-là même que tu mérites, je le jure par saint Michel et les anges !… Mais c'est pas possible, *aïe z'anmis à moin,* je vous jure que c'est pas Dieu possible !… Alors Mariotte, *coumen ou yé chè ? Coumen ou yé chè ? Coumen ou yé chè ? »*

La quelconque savoura la douceur enivrante de ces paroles et, presque aussitôt, elle imagina la suite : Mᵐᵉ Rosina Bigolo lui entourant les épaules de ses bras, pour l'entraîner vers le fond, tandis que saluerait toutes les personnes en patois – et souriante avec un certain petit air gai, pour que nul ne se doute. Et c'est ainsi que la patronne la conduirait serrée contre le fût élastique de son corps, jusqu'à la petite table à trois pieds, dans le renfoncement, là, qui sépare le couloir de la cuisine des tables normales des clients : sa petite table à elle, Mme Bigolo, d'où surveillait tout et sur laquelle piochait, en passant, dans un éternel plat de morue salée aux haricots rouges que tout le monde lui enviait (certains en demandant expressément car on voyait bien que c'était son manger à elle, fait de ses propres mains, à son usage, au goût de sa langue et non à celui du client).

Et aussitôt qu'elle aurait installé ladite visiteuse femme sur la banquette, à la meilleure place, la sienne propre, dans l'angle, où l'on pouvait appuyer son dos contre deux murs à la fois, elle aurait claqué des doigts pour faire venir la serveuse, avec un *keppe keppe* guttural en manière d'accompagnement : *keppe keppe !*... qu'elle aurait fait, et l'on aurait cru voir s'envoler de sa bouche arrondie une caille bien grasse, au vol avertisseur ; un gros pet réjouissant d'enfanteau gorgé de lait ; une sonorité pataude de conque marine qui s'ébroue dans les hauteurs fuligineuses des mornes, sous la bouche d'un souffleur maladroit : *keppe keeppe... keppe keeeeppe...* ha ha !

Et si ç'avait toujours été l'ancienne serveuse, celle qui avait l'air d'un dahlia noir avec ses mèches toujours enroulées dans des épingles, autour de sa tête arrondie comme les mille pétales du dahlia, celle-ci lui aurait sûrement fait une petite révérence, en dépit de sa tenue, en lui disant comme autrefois : Bonjour madame Mariotte... *commen ouyé chè ?*

Et si ç'avait été une nouvelle une nouvelle, une fraîchement débarquée au Havre, avec l'air naïf et placide des mornes répandu sur elle, et les yeux grands ouverts comme des ailes,... tout le corps attentif et tendu de crainte, alors Mme Bigolo lui aurait dit, à la nouvelle (en cachant peut-être les mains de la vieille femme avec ses bras, ou un coin de nappe, afin que la petite ne voie pas ces grosses saucisses gonflées d'engelures) :

– *Ma fille,'ga'dez vié madame-là : i cé un vié madame des temps anciens...* et comme tu la vois, ma chère, cette vieille madame a dans sa tête des colonnes pour toutes choses, comme les Blancs tout pareil !... Elle sait lire, écrire, compter tout comme ces gens-là ; et elle connaît tant de pays que ceux qu'elle n'a pas vus tiendraient dans un dé à coudre !... Elle connaît même le Sahara, et toi ma chère, connais-tu le Sahara ?

Et quand la petite chair du pays se serait éloignée, la personne quelconque aurait murmuré à Mme Bigolo, comme l'autre fois, l'autre année, l'autre siècle où celle-ci lui avait fait le coup : Allons, Rosina, laisse-moi te dire que tu exagères de me chanter comme ça : tu sais très bien que je n'ai jamais été au Sahara ; et ne le sais-tu pas ?

Et la patronne lui aurait répondu, avec une feinte indignation, tout en prenant mes mains et soufflant dessus comme si ç'avaient été les mains de sa propre mère de sang et de lait :

– Qu'est-ce que tu dis ?... Qu'est-ce que j'entends ?... Que j'exagère ?... Et n'as-tu donc pas été en Afrique ?... Et où se trouve le Sahara sinon en Afrique ?

Et elle aurait fait claquer, de réprobation, sa glotte tout contre son palais, comme seules savent le faire les négresses et comme la vieille femme avait oublié ; puis elle aurait émis toute une série de « keppe... keppe... » en prenant bien soin que le dernier soit le plus énergique, le plus éclatant, le plus propre à symboliser son indignation. Et peut-être à ce moment qu'elle aurait regardé l'autre, comme ça, pour rien, toujours en lui chauffant cajolant bichonnant les mains mais l'autre sait bien que Rosina Bigolo ne lui aurait pas posé de questions…, sur ce qu'elle était devenue… où elle vivait… dans quel hospice… et pourquoi les Antillais de Paris ne l'avaient pas vue depuis deux ans, depuis l'enterrement de sa petite-fille la Unetelle et de Moritz Lévy : non, pour ça aucun doute, elle ne lui aurait rien demandé de tout ça ; non non non, Rosina n'aurait rien fait de tel !… Et alors la vieille rassurée aurait à son tour touché les mains de la jeune, puis ses avant-bras, là où la chair noire est si élastique et tendre qu'on dirait la peau violette des mangues sauvages bien mûres, bien juteuses en dessous, pleines du meilleur sang de la terre. Et elle l'aurait caressée cette peau, frôlée doucement, minçottée, attentive à ne pas la blesser de ses ongles toujours trop longs depuis qu'elle a perdu ses dernières dents. Et sur des claquements de doigts il y aurait tout à coup plein de musiques autour des deux amies femmes – celle du gramophone aussi bien que celle de la TSF. Et Rosina la regarderait encore, pour voir jusqu'au fond du fond de ses lorgnons. Et quand Rosina aurait tout compris, on la verrait pousser de sa grosse paire de mamelles un terrible « ouais ! » qui aurait fait sursauter toutes les personnes présentes – aussi dures d'oreilles qu'elles fussent : et alors Rosina aurait mugi, en s'envoyant une énorme tape sur l'abdomen :

– Mes enfants, c'est pas tout ça mais je me sens tout illico une telle grand-soif que j'avalerais la mer avec tous ses poissons !

Et aussitôt la serveuse déposerait devant nous deux

petits verres de rhum blanc, avec un morceau de sucre au fond de chaque ; et ladite Mme Rosina Bigolo avalerait sa part en coulant à la vieille femme quelconque anonyme sous les étoiles un regard par en dessous, tout étonnée de la voir hésitante et qui pose un petit morceau de lèvre craintif dans le liquide brûlant. Et elle lui aurait dit tout à trac, sans y penser :

— Ma chère, tu ne me feras pas croire que ce « ti-feu » ne te tente pas ; ou bien conséquemment que tu n'es plus une Antillaise ; et peut-être bien que madame est devenue blanche ?...

Et l'autre aussi aurait ri sans y penser ; et à cet instant, peut-être, les yeux de la ci-contre nommée Rosina Bigolo se seraient illuminés, ses grands yeux cristallins, par la joie d'avoir enfin compris ; et elle aurait claironné à la ronde, pour « l'honnêteté » de la vieille personne :

— Ouille ! mais qu'est-ce qui m'arrive les amis que j'aie donc tout le temps faim comme ça, dans cette froidure ?... Mais qu'est-ce qui m'arrive donc Seigneur ?... Ah je sens que je mangerais toutes mes dents si je ne me retenais pas ; alors dites-moi, c'est-y pas une honte, ça, d'avoir toujours la bouche pleine d'eau, ça-là ?

Et aussitôt, sans regarder l'autre, elle se serait précipitée vers la cuisine en remuant et tire-bouchonnant son gros derrière qui faisait tant plaisir à voir aux connaisseurs ; et la quelconque se serait dit, toute chaude, toute vibrante de joie : Ah ma vieille Rosina ce n'est pas pour rien qu'on t'appelle Rosina Soleil et tu le mérites doublement, ce nom, depuis le jour lointain où, à ce qu'on m'a dit, ce jour lointain alors que tu te disputais avec une voisine, au pays, soudain prise de colère tu as relevé ta jupe pour montrer ton derrière, sans penser que ta culotte était pleine de trous, une vraie passoire, au travers de laquelle on avait vu ton soleil !…

Et ladite quelconque aurait entendu criailler des ordres par-derrière la porte fermée ; et soudain, toute l'assemblée aurait tressailli sous les deux ou trois coups de trompette soufflés par la patronne Bigolo dans son mouchoir – ce qui est un peu la manière antillaise de purger de grosses larmes. Et on l'aurait vue réapparaître avec une large soupière, fumante ; elle se serait assise à côté de ladite sans piper mot ; elle se serait versé une belle assiettée de soupe à Congo, comme savait que ladite aime, avec tous les ingrédients de là-bas raflés aux Halles à la première heure, ou qu'elle acheminait selon un système compliqué mettant en jeu toutes ses relations de France, de Martinique, de Guadeloupe et même de Guyane, à chaque fois qu'un rafiot transatlantique débarquait au Havre. Et il y aurait tout tout dans sa soupe à Congo, absolument tout : patate douce, igname, malanga, madère, bananes vertes, bœuf salé, piment, bois d'Inde, girofle et ladite ci-présente originaire, et ladite antique femelle noire d'homme en passe !…

Alors la Bigolo en aurait pris une pleine cuillerée de sa soupe à Congo,… l'aurait amenée à sa bouche entrouverte ; et soudain, au lieu d'enfourner la cuiller, elle l'aurait redéposée dans son assiette et, se tournant vers ladite plus haut, elle lui aurait susurré d'une voix douce, étonnée :

– Tu ne m'accompagnes donc pas, ma chère Mariotte, quand même que je sois vorace comme une truie ?

Et ladite aurait répondu, de l'air qui convient :

– Merci ma bonne Rosina, mais j'ai déjà mangé…

Et la Bigolo elle aurait dit, d'une voix encore plus douce :

– Tu ne peux pas me refuser le plaisir de m'accompagner, même si tu as déjà mangé, ça ne compte pas, tu trouveras toujours de la place dans ton ventre pour une petite soupe à Congo. Et ladite aurait repris :

– Non vraiment… quoique d'une voix plus languissante, et en tirant un peu le bout de la langue, de façon à ne pas décourager complètement son hôtesse. Et la Bigolo aurait dit :

– Peut-être que ma soupe à Congo elle ne te plaît pas ; en ce cas j'ai un petit boudin aux aromates qui pourra réveiller ton ventre, pour l'obliger à jouir, et j'ai des accras de morue, j'ai des pois des Bois, j'ai un petit blaff ; j'ai même des lambis à cause des fêtes de la Noël… Tu ne vas pas me faire croire que rien de tout ça ne te tente, pas vrai ma Cocotte ? Et vaincue, ladite aurait murmuré, en lâchant encore un peu de sa dignité : Si c'est pour t'accompagner,… dans ce cas… Mais dis-moi, des fois que tu aurais un tout petit morceau de porc salé, *du vrai* ?

Et la Bigolo se serait récriée :

– C'te question !

Et ladite aurait repris, en se livrant davantage :

– Mais tu sais, avec quelques petites rondelles de bananes vertes… est-ce possible ?

Et la Bigolo aurait dit, étonnée :

– Comme font les Z'indiens ?… avec un jus de piments Tourterelle… ?

Et ladite aurait soupiré, en un léger sanglot :

– C'est ça, c'est ça même : avec un jus de piments Tourterelle…

Et la Bigolo aurait posé un doigt sur la joue de ladite,

qu'elle aurait frôlé d'un mouvement nostalgique, cependant que du fin bout de la lèvre :

– Y a tout ça, Mariotte, qu'elle aurait chuchoté... Y a tout ça ici pour toi Mariotte : j' te demande juste un couple de minutes... Mais en attendant, ma chérie, veux-tu bien goûter un peu de ma soupe à Congo ; elle n'est pas mauvaise non plus, tu sais, et ça va te réchauffer ; parce que j' te vois toute grise, ma chère Mariotte, ma toute douce... grise comme la mort soi-même...

Et elle aurait brassé et rebrassé la louche dans la petite marmite de terre cuite, de façon à ramener le meilleur ; et elle en aurait versé rien qu'une moitié de louche de façon à laisser, dans le ventre de ladite, un petit emplacement pour le plat de porc aux bananes vertes.

A ce moment-là, quand ladite en question aurait vu, dans son assiette, ce bon liquide rubescent, chaud, doré, avec les fibres brunes de bois d'Inde surnageant, et les cheveux rouges du piment à Man Jacques, qui flotteraient, dans l'onde somptueuse, comme les branches flexibles du flamboyant à la brise qui vient droit de la mer,... alors cette dite possiblement n'aurait pas pu coincer l'ouverture de ses glandes, oui... devant tous ses compatriotes, hélas... à cause de l'odeur de vie, des couleurs de beauté, goût d'amour qui auraient illuminé la fleur de son âme !

Quand elle se rendit compte de cela, qu'il n'y aurait pas moyen, qu'elle finirait par pleurer, lacrymer, lâcher son eau en voyant un brin de nourriture folklorique sur son assiette, la quelconque sentit comme un goût de métal dans sa bouche... une âcreté, comme lorsqu'on vient d'échapper à un accident. Alors elle se détourna de la petite lumière et entreprit de regagner l'hospice, sans plus penser à rien : avec seulement l'impression de s'enfoncer dans un continent de neige et d'ombre, un continent immense. A chaque pas elle donnait un coup sec de sa canne, manière à ne pas se laisser aller à l'impression de tangage qui la déportait de part et d'autre du trottoir, tout pareil à une ivrognesse. Et s'approcha un tout petit jeune homme qui lui demanda si ne se sentait pas bien. Mais un peu égarée, ladite se mit en colère et lui dit, fort regrettablement : « Allez-vous-en, vous tous… les Blancs !…» Et ne voyant plus de jeune homme, recommença à chanceler jusqu'à hauteur de la place Saint-André-des-Arts, où elle dut s'appuyer contre un réverbère ; et là, soudain – mais était-ce une illusion de ses sens ?… elle crut voir de l'autre côté de la place, se dirigeant vers le boulevard Saint-Michel, une jeune fille très noire qui avançait majestueusement dans la lumière électrique du soir, comme murée dans sa peau, farouchement ensevelie dans une cape brune qui figurait assez bien le manteau de dignité dont s'enveloppent certaines catégories d'écorchés (sous la cape : la chair à vif, parsemée de cloques). Et il lui sembla voir s'éloigner sa propre jeunesse, murée de solitude et d'orgueil ; puis la vision disparut et elle se demanda si n'avait pas rêvé la couleur noire de la jeune fille, à cause de sa vue qui s'obscurcissait ; ou si ne l'avait tirée tout entière de son cerveau en flammes. Et s'engagea dans la rue Danton au bout de laquelle s'élevaient, comme des plantes d'eau – nénuphars – de merveilleuses rosaces d'une lumière verte et jaune qui flottait au-dessus de la place de l'Odéon…

Et sous les étoiles invisibles nébuleuses constella-
tions du Chien sans parler de tout le reste fit à peine
une centaine de pas que tomba dans la neige et pour le
coup, se dit-elle alertée, ça y est enfin cette fois : oh oui
ça y est je la sens qui monte dans mes jambes et tellement heureuse de m'en aller comme ça dans ces
lumières moi qui ai toujours vécu dans la nuit ; et puis
ça n'y était pas se rendit compte que ça n'y était pas car
n'avait qu'un genou en terre et les yeux clairs et froids :
alors pensa que peut-être ivre à cause du verre de vin et
des mégots et se dit que j'allais bien le voir, si c'était
pas une attaque ou si c'en était une ; et puis tout disparut et vit à nouveau devant elle un plat de nourriture
pays d'origine et eut l'impression de tomber le visage
en avant mais se retint deux mains à la canne rigolant
malgré elle car de comprendre que son ivresse ne
venait pas du cœur ni du vin ni des cigarettes mais de
l'odeur de vie, des couleurs de beauté, du goût de tendresse qu'il y avait ladite quelconque cheval à son
point de vue oh oui dans un plat de porc avec des
bananes vertes !… Et

Notes

1. Martiniquais et Guadeloupéens parlent le même patois créole, avec quelques minimes différences, indiscernables à ceux qui ne sont pas du pays. Si j'emploie presque partout les tournures de la Guadeloupe, mon île natale, je prie mes amis Martiniquais de n'y voir aucune préférence, mais, tout simplement, la plus grande facilité pour moi de quêter avec les nuances qui me sont familières, cette âme antillaise qui nous est commune. (Simone Schwarz-Bart)

2. Ce livre est une œuvre de fiction, mais qui s'efforce à un certain réalisme. Pour le premier tome, nous avons beaucoup appris des auteurs suivants : Aimé Césaire, *Œuvres complètes* et plus spécialement *Le Cahier d'un retour au pays natal* (Présence Africaine), *Cadastre* (Seuil), *Ferrements* (Seuil) ; Michel Leiris, *Contacts de civilisation en Martinique et Guadeloupe (Unesco) ;* Eugène Revert, *La Martinique* (Nouvelles Éditions latines) ; J. Larroque, *Rapport National sur la Vieillesse* (Imprimerie nationale). Il faut également signaler une presse abondante, ces dernières années, sur la condition des vieux ; ainsi que deux ou trois excellentes émissions de la Télévision française. Dans ce domaine, nous nous limiterons au numéro spécial d'*Esprit* (mai 1963) et à l'admirable texte de Morvan Lebesque (in *Express,* 10 mai 1962).

3. page 83 : «... tambour N'goka...» Nous avons pris la liberté de transcrire ainsi le terme désignant le tambour

«G'oka» des Antilles («Bélai» de Martinique). En effet, il nous est parvenu que «N'goka» recouvre, en dialecte Sango des rives de l'Oubangui, le même instrument et de forme identique, d'interprétation voisine. Y ayant chance – considérée l'histoire de la traite – que nous nous trouvions là devant un cas peu commun de filiation totale – l'objet, sa technique, son nom –, nous avons cru devoir nous soumettre à la vérité ancestrale du «gros tambour» des Antilles françaises, en orthographiant, de la sorte, l'héritier si lointain et pourtant si fidèle des vieux tambours «N'goka» de l'Afrique centrale.

4. page 151 : «... *je suis toute nue,* etc...» : Souvenir tronqué et déformé d'un passage d'Aimé Césaire, *in* le poème «Aux écluses du vide», in *Soleil cou coupé,* (cf. le recueil *Cadastre,* page 47, ligne 19).

5. page 151 : «Aguacelo, etc...» : Évocation mutilée du poème d'Aimé Césaire «Blues de la pluie», in *Soleil cou coupé* (cf. le recueil *Cadastre,* page 18).

6. page 200 : «... dans un cul-de-basse-fosse d'elle-même».

Réminiscence d'une image d'Aimé Césaire, in *Cahier d'un retour au pays natal,* page 87, ligne 18.

Ouvrages de André Schwarz-Bart

Le Dernier des justes
prix Goncourt, 1959
roman
Seuil, 1959
et «Points», n° P217

La Mulâtresse Solitude
roman
Seuil, 1972
et «Points», n° P302

Ouvrages de Simone Schwarz-Bart

Pluie et vent sur Télumée-Miracle
roman, 1972
Grand Prix des lectrices de «Elle»
et «Points», n° P 39

Ti Jean L'Horizon
roman, 1979
et «Points», n° P 474

Ton beau capitaine
théâtre, 1987

COMPOSITION : PAO ÉDITIONS DU SEUIL

Cet ouvrage a été imprimé en France par
CPI Bussière
à Saint-Amand-Montrond (Cher)
en octobre 2009.
N° d'édition : 30651-3 - N° d'impression 91572.
Dépôt légal : novembre 1996.